KB266403

쓰다보니
문득
　　　당신이 와 있는 것 같아서

* 도서는 『』, 개별 작품은 「」, 영화·드라마·TV프로그램·노래는 〈〉로 표기했습니다.

쓰다보니 문득
당신이 와 있는 것 같아서

송정림 지음

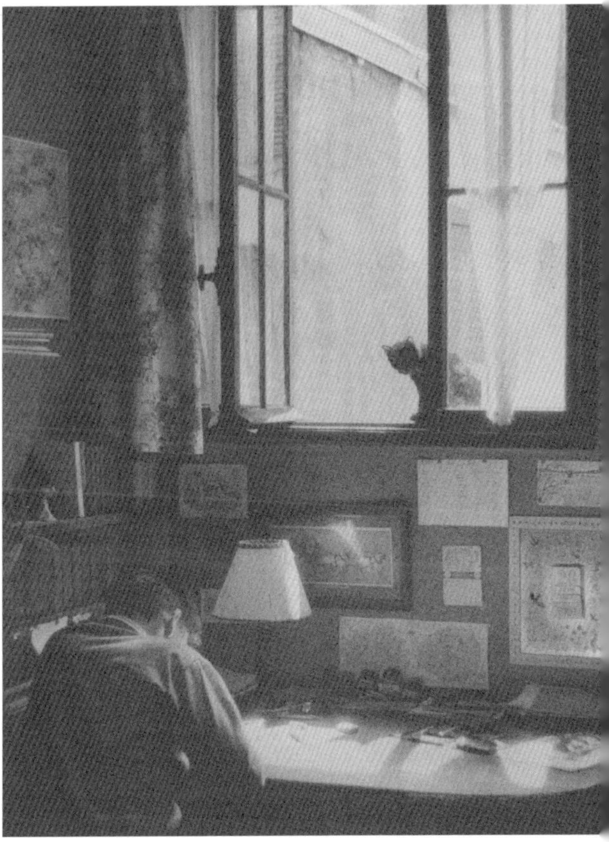

드라마 작가의 가장 사적인 기록

작가의 말

나는 일찍이 나의 묘비명을 정해두었다.
"실컷 썼다!"

글을 쓴다는 일은 일로서 내 '힘을 쓰는' 일이면서 삶으로서 내 '맘을 쓰는 일'이기도 하다.

'write'와 'use', 둘 다의 의미를 담아서 나는 내 인생, 실컷 '쓰다'가 가고 싶다. 나에게 주어진 힘과 맘을 여한 없이 '쓰다'가 가고 싶다.

남김없이, 아낌없이 순간순간 힘껏 힘도 쓰고 맘껏 마음도 써서 세상을 떠나는 날 웃고 싶다. "아, 실컷 쓰다 간다!"

매일 아침 일찍 일어나 일기처럼 에세이를 쓰는 이유도 그래서다. 내가 지금 정말 쓰고 있는지, 더 쓸 수 있는데 덜 쓰고 있는 건 아닌지. 쓰다 가기 위해서. 실컷 쓰다 가기 위해서.

〈결혼하자 맹꽁아!〉, 120회가 넘는 드라마를 쓰는 동안 참 많은 일들이 있었다. 드라마보다 더 드라마 같은 일들이 수없이 지나갔다. 집필을 끝내고 작업실을 정리하다가 문득 생각했다. 이쯤에서 한 번쯤, 걸어온 길을 돌아보는 것도 괜찮지 않을까.

아직 다 이룬 것도 아니고, 그렇다고 멈춘 것노 아니다. 하지만 이 길 위에서 지금 어디쯤 와 있는지, 무엇을 품고 걸어왔는지 돌아봐도 좋지 않을까. 그래야 다음 걸음을 덜 흔들리며 단단하게 내디딜 수 있지 않을까.

매일 아침 하나씩 하나씩 지나온 발자국을 세어보았다. 돌아보니 내 인생 8할이 드라마였다. 계획했다기보다는 운명처럼 왔고 준비도 없이 그 안으로 뛰어들었다. 작가로서의 삶은 바람 잘 날 없이 파란만장했고 드라마보다 더 드라마틱한 날들이 이어졌다. 쓰고 있을 때도, 쓰지 않을 때도 (정확히 말하면, 쓰지 못하게 되었을 때조차) 나는 늘 드라마와 함께했다.

내게 드라마는, 연인으로 치면 아주 성격이 못된 쪽에 속한다. 순하지 않고 길들이기 어려운 연인. 그런데 묘하게 매력이 넘쳐 도무지 끊어낼 수 없는 연인이다. 헤어져놓고도 그리워서 달려가고, 굳게 닫힌 문 앞을 서성이다가 쾅쾅 문을 두들겨보다가 그 앞에 주저앉아 울게 하는 연인. 그러다가 기어이 내 앞에 다시 나타나 미치게 만드는 연인. 이 시크한 연인에게서 나는 앞으로도 벗어나지 못할 예정이다.

나는 왜 이렇게까지 써야 했을까. 정작 나는 어떤 글을 쓰고 싶었던 걸까.

이 책은 그렇게, 쓰다보니 (살다보니) 문득 든 생각, 쓰다보니 (살다보니) 문득 스민 그리움, 쓰다보니 (살다보니) 문득 고마운 사람, 그리고 그 순간들과 그들과 새겨간 사랑의 기록이다.

성공담도 아니며, 정답지도 아니다. 그저 글을 쓰며 하루하루를 통과해온 한 사람의 사적인 기록이다. 흔들릴 때도 있었고, 서툴렀지만 그럼에도 끝내 쓰는 쪽을 선택해온 시간들에 대한 고백이다.

작가가 되고 싶은 이들에게는 이 책이 솔직한 길 안내서가 되기를 바란다. 완벽하지 않아도, 느려도 끝내 이룰 수 있다는 힌트며 응원이다.

그리고 같은 시대를 살아가는 이들에게는 잠시 발걸음을 멈추고 숨을 고를 수 있는 편안한 벤치가 되었으면 좋겠다. 말없이 앉아 있어도 괜찮고 괜히 울컥해도 좋은 자리가 되었으면 한다.

나의 이 사적인 기록들이 당신의 오늘에 다정하게 닿기를, 부디 그러기를 바란다.

2026년 3월
송정림

차례

3 부

4 부

1부

인생은, 같이 더불어 가려는 자를
녹색마차에 태워 행복의 나라로 안내한다.

- 〈녹색마차〉에서

단 한 사람을 위해

일일드라마를 쓴다는 건 매일 아침 숫자로 날아드는 성적표와 싸우는 일이다. 눈을 뜨자마자 가장 먼저 휴대폰을 찾는다. 하루의 첫번째 앱은 시청률 앱이다. 이 앱에서는 일간 시청률 순위부터 주간 시청률, 역대 시청률을 모두 볼 수 있다. 숫자가 뜬다. 전날보다 1.2퍼센트 하락. 순간 머릿속에서 툭 하고 끊어지는 소리가 난다.

'왜지. 도대체 왜일까. 그 장면이 너무 길었나? 그 감정선이 덜 설득력 있었나?'

자책은 늘 논리보다 빠르고, 반성은 분석보다 먼저 가슴으로 치고 들어온다. 뻗어나간 생각들은 순식간에 스무 갈래로 퍼지고 커서만 깜빡이는 대본 창을 두고 마치 무너진 구조물 앞에 선 사람처럼 멍하니 있다.

시청률이 심각한 날에는 이불을 뒤집어쓰고 '작가란 무엇인가'라는 물음을 품은 철학자가 되어 주방으로 간다. 습관처럼 드립포트를 꺼내고 묵묵히 원두를 갈고 물을 붓는다. 서서히 내려가는 커피를 보면서 이런 생각을 한다.

'시청률도 이렇게 차분하게 예상대로만 흘러주면 얼마나 좋을까.'

잔을 들고 창가에 앉는다. 쓴맛이 입안에 퍼지고 그 쌉쌀함이 오늘의 숫자와 겹쳐 보인다. 어쩌면 시청률은 작가의 운명을 하루 단위로 측정하는 온도계, 감정을 실시간으로 추적하는 기상위성일지도 모른다.

작가들 사이에선 종종 이런 말이 돈다.

"우린 사람이 아니라 감정 연동 AI야. 숫자가 오르면 하늘색, 떨어지면 회색으로 변하는 감성 기계."

작가의 감정선은 시청률 1퍼센트 오르내림에 따라 요동치고, 대본의 운명은 그 숫자 하나에 꽃길이 되기도, 비포장 흙길이 되기도 한다. 숫자가 잘 나올 땐 커피도 달고 하늘도 맑고 세상도 살 만하다. 하지만 생각보다 시청률이 저조한 날이면 커피는 쓰고 하늘은 잿빛이고 세상이 괜히 미워진다.

시청률에 연연하며 멘탈이 남아나지 않던 날에 어느 연기자가 말했다.

"모은 돈 탈탈 털어서 작은 극장 하나 빌렸거든요. 근데 공연 당일에 관객이 제로, 진짜 깔끔하게 0명인 거예요."

어느 날에는 한 사람이 조용히 극장 문을 열고 들어왔다고 했다. 선글라스를 낀 관객 한 명. 그는 조심히 자리에 앉았고 연기자는 떨리는 마음으로 말했다.

"관객분 한 분뿐인데 혹시 선글라스만 좀 벗어주실 수 있을까요?"

그러자 관객이 대답했다. "죄송합니다. 시각장애인이라서요."

그 순간 연기자는 자신의 중심에서 꺼지려던 불을 다시 지폈다. 관객 한 명, 눈 대신 마음으로 보는 사람. 그 마음을 위해 목이 쉬도록 연기하자. 공연은 그렇게 시작되었다. 무대 위에는 단 한 명의 배우, 객석에는 단 한 명의 관객. 그렇게 모든 장면이 끝났을 때, 객석에서 박수 소리가 울렸다. 그 박수는 기적처럼 무대를 가득 채웠다. 그날 극장은 비어 있지 않았다. 단 한 사람의 진심이 천 명의 숨결처럼 극장을 울렸다.

그 이야기를 들으며 문득 생각나는 사람이 있었다. 2012년 여름, 아시아 드라마 콘퍼런스가 일본 후쿠오카에서 열렸는데 나도 참석하게 되었다. 〈해를 품은 달〉의 진수완 작가, 〈반짝반짝 빛나는〉의 배유미 작가, 〈파스타〉의 서숙향 작가, 〈다모〉의 정형수 작가 등 내로라하는 인기 작가 열여섯 명에 나도 어쩌다 보니 끼게 되었다.

사실 그 당시 나는 참 엉망인 상황이었다. 일일드라마를 힘들게 완주해놓고 원고료도 받지 못했다. 압정 위를 맨발로 걷는 기분이었다. 더이상 버틸 수 없다는 생각에 이제 정말 그만해야 하나 싶은 시점이었다. 그러나 이미 잡혀 있던 일정이라 할 수 없이 짐을 꾸려 비행기에 올랐다.

그렇게 도착한 일본 후쿠오카. 드라마계의 별들이 총출동한 자리에 나는 조용히 섞여 있었다. 그런데 콘퍼런스 장소로 누군가 나를 찾아왔다고 했다. 도쿄에서 나를 만나러 후쿠오카까지 왔다는 것이다.

"저요? 저를요?" 〈해를 품은 달〉 작가도 아니고, 〈파스타〉 〈다

모〉 작가도 아닌 나를? 그 많은 스타 작가들 사이에서 왜 굳이 나를? 고개를 갸웃하는 사이, 한 여성이 다가왔다. 그러고는 내 손을 꼭 잡고 말했다.

"당신의 드라마 대사가 저를 살렸습니다."

당시 내가 쓴 드라마 〈녹색마차〉가 일본의 한 케이블 채널에서 방영중이었다. 그분이 내 손을 꼭 쥐며 그녀를 살린 대사를 짚어주었다.

"인생은, 같이 더불어 가려는 자를 녹색마차에 태워 행복의 나라로 안내한다."

수많은 내레이션 중 하나였던 문장. 그날그날 마감에 쫓겨 썼던 그 대사가 누군가에게 살아야겠다는 이유가 되었다.

그분은 가족에게도, 친구에게도, 이웃에게도 늘 먼저 손을 내밀고 가진 것을 다 내주는 사람이었다고 했다. 하지만 돌아오는 것은 고마움보다 더 많은 요구였다. 너무 지쳐서 이제는 정말 끝내고 싶었다. 절망의 막차를 타려던 어느 밤, TV에서 우연히 흘러나온 〈녹색마차〉의 내레이션 하나가 그분을 다시 이쪽 세상으로 불러 세운 것이다.

그분은 콘퍼런스 내내 나를 따라다녔다. 공항으로 향하는 마지막 날 아침도 그분은 나와 함께였다. 숙소에서 공항까지 짐을 함께 끌어주며 출국장 앞까지 배웅해주었다.

"끝까지 함께해드리고 싶었어요."

출국 게이트로 향하기 전, 나는 잠시 발걸음을 멈추고 뒤돌아보았다. 그분이 아직 거기 서 있었다. 낡은 회색 카디건, 가방 끈을 꼭 쥔 손, 멀리서도 보일 만큼 반듯한 자세로 그는 자신의 작가를 배웅하고 있었다. 가슴 한구석이 저릿해지면서 무너져 있던 마음이 천천히 일어섰다.

'아, 이분은 하늘이 내게 보내주셨구나. 계속 써도 괜찮다고, 계속 작가로 살아도 된다고 그 말을 전하러 온 천사였구나.'

그분은 멈추고 싶던 나를 일으켜 다시 걸어가게 해주었다.

비행기가 활주로를 달릴 때, 나는 창밖을 바라보며 혼잣말처럼 중얼거렸다.

"기억할게요. 그날 당신이 내 인생의 방향을 바꿨다는 걸."

그후로도 나는 수없이 흔들렸다. 마감 앞에서, 시청률 앞에서, 자존감과 자괴감 사이를 아슬아슬하게 건너며 살았다. 그날 공항에서 내 손을 꼭 잡아주던 그 손의 온기는 어느새 희미해지고 나는 또다시 시청률 앞에 쪼그려앉아 "0.2퍼센트만 더 나왔으면……" 하고 마음 졸이는 사람이 되어 있었다. 그러다 문득 이 질문이 떠올랐다.

'작가로 산다는 것의 의미가 숫자만으로 측정될 수 있을까?'

시청률이 몇 퍼센트인지, 화제성이 얼마나 높은지, 실시간 댓글이 어떻게 쏟아지는지는 중요하지 않다. 어딘가에서 조용히, 아무 말 없이 한 회 한 회를 기다려주는 그 '한 사람'이 있을 수 있다. 한 장면 한 장면을 한껏 받아들이고 여운을 간직하는 그 사람. 세상이 외면해도 그 단 한 사람이 진심으로 바라봐주고 박수를 보내준다면, 그 이야기에는 이미 세상의 모든 박수갈채가 담겨 있는 건지도 모른다. 시청률 그래프는 내일이면 또 출렁일 것이고 숫자는 냉정하게 움직이겠지만, 그 사람 마음에 남은 한 줄의 대사는 조금 더 오래, 조금 더 깊게 머무를 수도 있지 않을까.

작가는 매일 숫자에 울고 웃는 전략가이자 누군가의 심장을 두드리고 싶은 낭만주의자다. 오늘도 나는 보이지 않는 적인 시청률과 싸우며 숫자의 소음 너머 어디선가 조용히 이 이야기를 기다릴 단 한 사람을 떠올린다. '파이팅'을 외치고 그를 위한 대사를 쓴다. 그리고 생각한다. 시청률은 못 잡아도 그 한 사람 마음은 잡아보자고.

나의 작은 문학 교실

내가 어렸을 때 작은오빠는 종종 다락방으로 올라가 혼자만의 세상으로 떠났다. 잉크 냄새와 사색이 눅진하게 깔린 그 다락방은, 창문은 작았지만 그 안에 담긴 하늘은 컸다. 작은오빠가 파묻혀 썼던 원고들, 오빠들이 읽던 책들, LP들이 있는 그곳은 나에게 문학과 사색을 알려준 공간이다.

작은오빠가 입대한 후, 다락방은 나의 비밀 놀이터가 되었다. 작은오빠가 남긴 원고를 몰래 읽었고 그 글을 흉내내서 첫 시를 써보기도 했다. 시간이 흘러도 잉크 냄새보다 더 또렷이 기억나는 건 다락방의 정적 속에 머물던 생각의 시간들이다. 아무도 없는 그 공간에서 스스로에게 말을 걸어보기도 했다. '나는 누구일까.' '나는 무엇을 좋아할까.' 그때 처음으로 '나'라는 존재의 윤곽을 어렴풋이 다듬어갔다.

낡은 페이지들 사이로 시간이 유영하는 그 공간에는 다양한 책들이 살았다. 빈티지한 감성의 고전, 설렘이 번지는 도심의 로맨스, 스치듯 지나간 검객의 잔상, 그리고 웃다가 눈물 쏙 빠지는 만화까지. 장르는 서로 안 맞아도 모두 같이 잘 지냈다.

다락방에 들어서면 훅 배어나오는 그 특유의 책 냄새는 그냥 종이 냄새가 아니었다. 면 이불처럼 마음을 포근히 덮어주는 마법의 향기였다. 지붕 아래 조그만 창으로 스며든 햇살은 먼지를 포근히 일으켜세우며 공기 속을 떠돌았다. 그 부유하는 먼지들조차 책 속의 문장처럼 다정했다.

저녁밥을 먹고 나면 나는 언제나 다락방으로 올라갔다. 하루의 끝에서 나만의 작은 우주로 귀환하는 식후 의식이었다. 누구는 소화를 시킨다며 동네를 걷고, 누구는 TV 앞에 누웠지만, 나는 다락방으로 직행했다. 그곳은 책들이 말을 걸어오는 은하수 같았다. 고전이 속삭이고 로맨스가 웃고 만화책이 방방 뛰는 별의 군단. 나는 매일 밤 나만의 행성으로 착륙했다. 가방도, 비행선도 필요 없는 여행. 책을 펼치면 나는 언제든 떠날 수 있는 우주의 탑승자가 되었다.

중학교 1학년 어느 날, 책들이 나른히 숨쉬는 틈 사이에서 마치 운명처럼 한 권을 집어들었다. 『제인 에어』. 표지를 넘기자마자 문장 하나하나가 마음에 잔잔히 스며들었다. 나는 어느새 제인의 삶을 따라 걷고 있었다. 나도 모르게 등을 펴고 눈빛이 단단해졌고, "그대는 나를 얕보지 말아요" 같은 고딕소설풍 대사를 혼잣말로 내뱉었다.

밤이 고요하게 스며들어 책 속 장면과 바깥 현실의 경계가 희미해졌다, 창가에 새벽이 하얗게 고이고 마지막 페이지를 덮는 순간, 무언가 조용히 시작되고 있었다. 거울 속 눈빛이 어딘가 달라져 있었다. 영혼의 표면에 가느다란 선 하나가 그어지고 그 선 위로 첫 빛이 내려앉았다. 그렇게 나는 조금 더 깊어졌고 조금 더 고요해졌다.

그날 이후 나는 시간의 세례를 받은 고전들을 하나씩 꺼내들어 오래된 레코드판에 바늘을 올리고는 책의 첫 페이지를 열었다. 치직치직 LP 돌아가는 소리를 동반한 음악이 고전소설의 배경이 되어 흘렀다.

소설을 한번 읽기 시작하면 끝까지 가야만 직성이 풀렸다. 읽다 만 이야기들은 마음 한쪽을 간질이며 잠들기 전 이불 속에서도 속삭였다. 다음 날 아침, 덜 읽은 책은 책가방에 쑤셔넣고 학교에 갔다. 교실의 햇살 속 펼친 교과서 안으로 소설 한 권을 은밀히 숨겼다. 한 줄 한 줄 읽어갈수록 몰입은 깊어지고 현실은 점점 흐려졌다. 그때 갑자기 정지된 그림자. 고개를 들자 선생님이 떡하니 서 있었다. 아이들 웃음소리 사이로 내 이름이 호명되고 나서야 나는 아쉽게 책장을 덮곤 했다.

바닷가에서 아이들과 놀 때에도 책은 내 곁을 떠나지 않았다. 아이들이 물살을 가르며 소리 지르고 파도가 발목을 간질이는 오후에도 나는 모래사장에 앉아 있었다. 바람이 책장을 넘기고 햇빛이 활자 위에 부서졌다. 멀리서 부서지는 파도 소리와 손끝에서 흘러내리는 이야기. 그렇게 나는 또 하나의 세계를 통과하고 있었다.

그 시절 내가 읽던 책들은 단지 이야기가 아니었다. 내 감정
이 처음으로 색을 입던 순간의 조용한 증인이었다. 『제인 에어』
속 제인 에어의 고독한 용기는 세상에 홀로 던져졌다고 느낄 때
마다 내 속의 작은 자존심 하나를 꼭 붙잡게 해주었다. 그의 고
요한 단단함을 닮고 싶어 몇 번이고 같은 장면을 다시 읽곤 했
다. 『폭풍의 언덕』 속 절절한 이야기는 내 안의 감정들을 낯설게
흔들어놓았다. 히스클리프의 분노어린 사랑에 자꾸만 울컥했
고 그 격정이 주는 쓸쓸한 아름다움에 오래 머물렀다. 『안나 카
레니나』는 참 오래도록 가슴에 남았다. 사랑이라는 위험한 비극
에 놀라고 아파했다. 『부활』을 읽던 밤에는 다이어리에 진심어
린 사과를 써보았다. 그때 나는 '미안합니다'라는 말이 사람을
이렇게 다시 일으키는지 배웠다. 『젊은 베르테르의 슬픔』은 말
하자면 내 인생 첫 연애편지의 연습장이었다. 그 애틋함이 좋았
고 문장들이 너무 절절해서 글귀들을 수첩에 옮겨 적었다. 따라
써놓고는 끝내 건네지 못한 편지들은 하나둘 종이비행기로 접
어 바람에 날려보냈다. 『죄와 벌』은 어려웠다. 하지만 그 무거운
세계를 지나며 나는 비로소 문학이 인간의 마음을 얼마나 깊고
아름답게 꿰뚫는지 느꼈다.

나는 주인공들의 고백과 숨결 속에서 울고 흔들리고 자라났다. 익숙하지 않았던 마음의 결들, 처음 마주한 슬픔과 기쁨, 그 모든 감정의 첫 장면마다 책은 내 곁에 있었다. 다양한 문장들이 지나가고 수많은 인물들이 스쳐갔다.

훗날 작가가 되고 돌아보니 오빠의 다락방은 그저 오래된 책들이 쌓여 있던 공간이 아니었다. 그곳은 나만의 작은 문학 학교였다. 책들은 말없이 나를 앉혀놓고 세상을 바라보는 법을, 마음을 쓰는 법을 가르쳐주었다. 문장 하나로 마음을 흔들고, 여운 하나로 삶의 방향을 바꾸어놓았다.

어린 시절 나의 그 다락방. 그곳은 여전히 내 마음 한편에 남아 창문을 열어둔다. 바람이 불면 오래된 종이 냄새와 함께 첫 문장을 쓰던 그 설렘이 조용히 돌아온다.

지금도 나는 한 문장, 한 페이지를 따라 걷는다. 문학 수업은 계속되고 수많은 책, 그 스승들 앞에서 아직도 나는 학생 신분이다.

된장 좀 푸세요, 작가님

TV소설 〈너와 나의 노래〉를 쓰던 그때, 나는 TV드라마계에서는 풋풋한 신인이었다. 전적이 없었던 건 아니다. 교사 시절엔 라디오드라마를 많이 했었고 전업 작가가 된 후로는 TV드라마로 특집극과 단막극, 청소년 시추에이션드라마처럼 호흡 빠른 이야기를 꽤나 써봤었다. 하지만 매일 방영되는 일일드라마 앞에 서자 그 모든 경력은 수영장에서 물장구친 이력처럼 무색해졌다. 면허를 갓 딴 초보 운전자가 고속도로에 오른 기분이랄까. 방송사에서도 젊은 작가에게 긴 호흡의 극을 맡긴 건 꽤 대범한 모험이었을 것이다.

나는 드라마로도 문학이 가능하다고 굳게 믿는 치기어린 신

인이었다. 대본에 일종의 '멋'을 부리는 바람에 자주 들은 말이
있었다. "너무 문학적이에요." 나는 그게 칭찬인 줄 알았다. 지금
생각하면 홧홧하다. 그때는 왜 그렇게 대본에 장르 혼종 실험을
했을까.

어쨌든 드라마는 생각보다 순조롭게 시작됐다. 주인공도, 주
변 인물들도 제 몫을 해내며 잘 굴러가던 어느 날, 문제의 '죽
음'이 도착했다. 주인공의 아버지가 세상을 떠나는 장면. 드라마
라면 으레 나와줘야 하는 "아버지~~~!!!" 하고 절규하는 오열
신scene. 그런데 도무지 못 쓰겠는 거다. 정확히 말하면 쓰고 싶
지 않았다. 마감은 다가오고 그 장면이 도저히 써지지 않아서
결국 지문으로 이렇게 처리했다.

s#○○ 무덤
(무덤 위, 카메라는 천천히 하늘로 올라간다. 슬픔처럼 투명한 하
늘이 막막하게 흐른다. 다시 천천히 내려오면 장례식은 끝나 있
고, 며칠이 지난 뒤의 가족들이 나온다.)

오열 대신 정적. 울부짖음 대신 쓸쓸한 풍경. '이게 더 깊은

방식일 거야'라고 스스로를 설득했다.

다음 날 부지런히 대본을 쓰고 있는데 CP(Chief Producer, 책임 프로듀서)님에게서 전화가 왔다.

"작가님, 방송국으로 좀 오시겠어요?"

그 시절엔 안 좋은 이야기를 할 땐 꼭 밥부터 먹이던, 정겹고도 긴장되는 관습이 있었다. 나는 식당에 앉아 눈앞의 된장찌개를 떠먹으며 긴장을 애써 눌렀다. 점심을 다 먹고 커피 한 잔까지 받아든 그 순간, CP님이 조용히 입을 여셨다.

"작가님, 된장 좀 푸시죠."

된장을 풀라니……? 잠시 의아해하는 나에게 그분은 부드럽게 덧붙이셨다.

"〈아침마당〉 보시죠?"

그 시절, 매주 수요일 〈아침마당〉에는 잃어버린 가족 찾기 코너가 있었다. 오래전 헤어진 형제자매, 잃어버린 자식, 소식 끊긴 부모가 서로를 찾고 확인하고 부둥켜안아 오열한다. "어머니!!! 왜 나를 버리셨어요!!!" "오빠! 그동안 왜 나를 안 찾았어!!!" 목 놓아 울며 부둥켜안고 그야말로 감정의 극한을 찍는다. CP님은 커피를 천천히 젓다 말고 말씀하셨다.

"그게 된장 푸는 겁니다. 엉엉 울고, 부둥켜안고, 소리 지르고. 그게 한국적인 정서예요."

그러니까 내가 주인공 아버지의 죽음을 너무 '세련되게', 바꿔 말하면 너무 '재미없게' 처리한 것에 대해 조언하신 거였다. 슬픔은 있었지만 울음이 없었다. 절절하지 않고 지나치게 차분했다. 소위 MSG가 전혀 안 들어갔던 것이다. 시청자들은 진한 된장국 한 사발을 기다리다가 밍숭맹숭 간도 안 된 국적 없는 수프를 들이켜게 된 셈이다.

조언은 계속됐다. "작가님, 드라마는 상송이 아닙니다. 드라마는 뽕짝이에요."

나는 잠시 말을 잃었다. 웃자고 한 애기라기에는 CP님의 표정이 아주 진지했다.

"울고불고, 그 손발 오그라드는 장면들, 쓰기 싫으시죠? 그거 쓰셔야 합니다."

나는 항변하고 싶었다. 드라마도 시고, 드라마도 문학입니다! 왜 드라마는 상송이면 안 되나요? 속에서 꽤 그럴듯한 말들이 끓고 있었지만 나는 꾹 참고 집으로 돌아왔다. 말을 아낀 건 성숙해서라기보다 아직 답을 모르겠어서였다.

그날 밤 TV를 틀었는데 김수현 선생님의 드라마 〈청춘의 덫〉이 방송되고 있었다. 심은하 배우가 연기한 '윤희'가 싸늘하게 식은 아기의 주검을 안고 집으로 돌아오는 장면이었다. 그녀는 아기를 안고 바닥을 긁듯이 슬픔을 뱉어냈다. 아이의 아버지가 오기를 기다리며 한밤 내내 아무도 오지 않는 그 공간을 눈물로 채우고 또 채웠다. 만약 그 장면을 나한테 쓰라고 했다면, 싸늘한 아기를 안고 하룻밤 내내 방바닥을 벅벅 기며 슬퍼하는 장면을 과연 나는 써낼 수 있었을까? 쓰다가 내가 먼저 기절해버렸을지도 모른다. 나는 그 장면을 말없이 바라봤다. 숨죽이며 오래. 그제야 낮에 들은 CP님의 말이 가슴에 툭 박혔다. 아, 이거구나. 이게 된장을 푼다는 말이었구나.

그건 기교를 버리고 사람을 쓰라는 뜻이었다. 화려한 문장 대신 현실을 있는 그대로 껴안고 쓰라는 이야기였다. 그리고 무엇보다 사람이 아픈 장면을, 나도 함께 아플 각오로 쓰라는 조언이었다.

작가의 영혼이 갉아먹힐지라도 써야 한다는 것, 그래야 누군가의 밤에 단 한 줄이라도 박힐 수 있다는 것을 조금은 알 것 같았다.

그날 이후 나는 울 줄 아는 작가가 되어야겠다고 생각했다. 그리고 대본에 '된장 푸는 법'을 터득하기 시작했다.

대본을 쓰던 중에 주인공의 엄마가 돌아가신다는 설정이 잡혔다. 이미 이별의 기운이 감돌고 있었다. 놀라울 만큼 빠르게 시청자 게시판에 글이 올라오기 시작했다. '작가님, 어머니는 살려주세요.' '주인공이 힘들어도 엄마만은 곁에 있게 해주세요.'
나는 커서만 깜빡이는 컴퓨터 화면 앞에 한참 동안 멍하니 앉아 있었다. 엄마가 돌아가신다는 것을 상상만 해도 눈물이 뚝뚝 흘러내렸다. 나는 눈물을 닦지 않고 그 눈물로 대본을 썼다. 엄마와의 마지막을 한순간도 피하지 않고 그대로 정면에서 직진으로 맞닥뜨렸다. 엄마를 안고, 울고, 할 말을 다 했다. 마치 내가 그 딸인 것처럼. 엄마가 곁에 있는 지금이 마지막 밤인 것처럼.

s#○○ 방 안
딸: 엄마. 죽지 마. 어떻게든 살아줘.

살아서…… 계속 내 엄마 해줘.

(엄마의 손을 입에 가져간다. 숨결이 느껴진다. 입술에 엄마

의 체온이 닿은 그 순간, 그녀는 비로소 운다. 울음을 참지 않는다. 더는 남기지 않으려는 듯 눈물도, 말도 다 꺼내놓는다.)

예전 같으면 차마 쓰지 못했을 대사였다. 하지만 그날은 망설이지 않았다. 작가 인생 최초로 된장국을 펄펄 끓였다. 원고를 보낸 뒤 구석에 앉아 내가 무슨 짓을 한 건지 생각하며 삼십 분 동안 아무 말 없이 가만히 있었다. 놀랍게도 그 회차에 시청률이 올랐다. CP님에게서 전화가 걸려왔다.

"작가님, 된장 진하게 잘 우려내셨네요."

비로소 '감정을 쓴다'는 게 무엇인지 아주 조금 이해한 날이었다.

〈결혼하자 맹꽁아!〉에서도 힘들게 썼던 장면이 있다. 엄마가 자식들에게 짐이 되기 싫어서 홀로 요양원에 숨어버리는 장면. 딸은 엄마를 찾아 헤매고, 엄마는 끝까지 모습을 숨긴다. 마침내 딸이 엄마를 찾아내는 순간, 엄마는 담담하게 말한다.

나는 죽음을 기다리는 자세로 이걸 선택했다. 그러니까 나를 데려갈 생각하지 마라. 이건 내 인생에서 내가 택하는 존엄이다.

그 장면을 쓰는 동안 나는 키보드 치는 손을 몇 번이나 멈췄다. 지문과 대사가 자꾸 엉키고 가슴 한쪽이 저려왔다. 나와 내 엄마 이야기라서, 너무 아픈 이야기라서. 그 장면을 쓰던 며칠 동안 실제로 몸이 아팠다. 대사 하나를 고치고 나면 숨이 찼고, 지문 하나를 붙이고 나면 목이 메었다. 딸을 떠나는 엄마의 마음과 엄마를 이해하기 시작한 딸의 마음 사이에서 매일 조금씩 소리 없이 부서졌다. 하지만 이상하게도 그 며칠은 내가 작가로서 가장 '진짜'에 가까워진 시간이었다.

방영 후 시청자들의 반응이 전해졌다. '그 장면에서 많이 울었습니다.' '엄마와 딸이 다 이해가 됩니다.' 나는 매일 부서졌지만 그 부서진 조각들이 누군가에게는 위로가 되어 도착했다.

누군가를 울게 만드는 글은 결국 내가 먼저 울었던 글이다. "된장을 좀 푸세요"라는 말은 그저 "더 세게 쓰라"라는 뜻이 아니었다. 사람의 감정을 피해가지 말고, 그 마음 한가운데까지 가보라는 뜻이었다. 카메라에 맡기지 말고 대본으로 끝까지 가보라는 조언이었다.

된장 냄새가 대본에 스며들어도 괜찮다. 아니, 오히려 그런 냄새를 책임지는 것이 작가의 몫이다. '된장을 푼다'라는 말의 진짜 뜻은 슬픔을 비빔밥처럼 나눠 먹는다는 것이었다.

나는 오늘도 대본에 된장을 풀기 위해 끙끙댄다. 가끔은 너무 짜서 시청자들이 물을 찾았고, 가끔은 너무 밍밍해서 국물 맛이 안 난다는 소리도 들었다. 그래도 아주 가끔 밥 한 끼 곁에서 울어주는 드라마가 하나쯤은 슬쩍 태어나곤 했다.
감정 앞에서 겁이 날 때면 스스로에게 슬쩍 묻는다.
"이 장면…… 된장 좀 더 풀까?"

된장 한 숟갈, 마음 한가운데 풀고 대본을 끓인다. 좀 오래 끓인다. 그 한 숟갈이 누군가의 마음에 오래 남는 온기가 되기를 바라면서.

기획안 앞에서 작가의 마음 사용법

한국방송작가협회 산하의 방송작가교육원은 쉽게 말해 '드라마작가 지망생들의 연습장' 같은 곳이다. 이곳에서 지망생들은 대사도 써보고 인물도 그려보고 자기 안에만 웅크려 있던 이야기를 세상 앞으로 꺼내본다.

지금 우리가 열심히 보고 있는 드라마들 대부분이 이 교육원 출신 작가들의 손에서 나왔다. 그러니 여기 교육원은 드라마의 인큐베이터이자 작가들의 첫 학교인 셈이다.

드라마 집필을 마치고 다음 드라마에 들어가기 전, 나는 시간만 허락되면 기꺼이 교육원 수업을 맡는다. 제자를 키우는 뿌

듯함도 있지만 동시에 수업이 내 첫 마음을 소환하는 타임머신
이 되기 때문이다. 다른 사람들 눈에는 내가 '강의 나가는 작가'
겠지만 나에게 수업은 '초심 리필하러 가는 시간'이다.

첫 강의시간이 되면 나는 늘 말한다. '뭘 쓸까'보다 먼저 '왜
쓰는가'를 고민하라고. 주제 없는 드라마는 간판 없는 식당과 같
다. 들어가긴 했는데 이 집이 국밥을 파는지 초밥을 파는지 아
무도 모르는 것이다. 식당은 간혹 간판 없는 집이 맛집일 때도
있다. 하지만 드라마는 다르다. 작가가 왜 이 이야기를 쓰는지
모르면, 시청자도 왜 이것을 봐야 하는지 모른다. 결국 채널은
돌려지고 감동과 몰입은 자취를 감춘다. 그러므로 드라마를 쓰
기 전에 마음 깊은 곳에서 가장 솔직한 질문 하나를 꺼내야 한
다. '나, 이 이야기 왜 쓰지?' 그 질문이야말로 드라마의 첫 불씨
다. 이야기는 언제나 그 불씨에서 시작된다.

그래서 나는 제자들에게 매일 에세이를 쓰게 한다. 드라마를
배우러 왔는데 에세이를 쓰라니 처음엔 다들 "에세이요……?"
하다가 일주일 뒤엔 "오늘도요……?"로 바뀐다. 하지만 글을 써
야 생각을 하게 되고, 생각을 해야 쓰고 싶은 게 생긴다. 그리고

왜 이 이야기를 쓰는지 확실해진다. 그러면 이야기는 혼자서도 쑥쑥 자라난다.

작가조차 왜 쓰는지 모르는 이야기에는 진심이 빠진다. 그런 대본을 배우한테 넘기면 리딩 현장에서 이런 질문이 돌아온다. "작가님, 이건 어떤 감정으로 해야 돼요?" 순간 작가는 물만 벌컥벌컥 마시게 된다.

드라마는 작가의 머리에서만 나오지 않는다. 제목이 아무리 그럴듯하고 줄거리가 요란해도 작가의 마음이 빠지면 시청자의 눈에는 들어와도 가슴에는 닿지 않는다. 기술로 다듬는 것도 한계가 있다.

나 역시 작가로서 이 일을 가장 먼저 한다. 드라마를 쓰고 싶은 이유가 떠오르면 그 주제에 대해 에세이를 계속 써본다. 정돈된 글이라기보단 혼잣말에 가깝다. 생각을 억지로 끌어올리기보다 툭툭 질문을 던져본다. 예를 들면 이런 식이다.

"선한 사람은 정말 복을 받아?" "결혼은 왜 해?" "행복해지려고 결혼했는데 왜 불행해?"

이런 '작은 투덜거림 에세이'들이 하나둘 쌓인다. 그러다가 문득 어떤 이야기가 마음을 쿡 찌른다. 그 순간 드라마가 시작된다.

드라마의 주제가 정해졌으면 이제 본격적으로 기획안을 쓸 차례다. 드라마라는 배에 이름표를 달고 방송사나 제작사라는 항구에 조심스레 닿는 첫번째 문서.

드라마를 쓸 때 가장 중요하면서 어려운 부분이 기획안 쓰기다. 일단 기획안이 통과되어야 드라마를 쓸 기회를 얻으니까. 첫 단추를 잘 꿰어야 다음 단추가 제자리를 찾는다.

기획안에는 이야기의 방향을 알리는 나침반도 있어야 하고, 몰입을 끌어당길 닻도 있어야 한다. 무엇보다 기획안은 이 드라마가 왜 만들어져야 하는지를 말해줘야 한다. 기획의도, 인물 소개, 줄거리는 단순한 정보가 아니다. 드라마가 출항할 준비가 되어 있음을 알리는 신호다. 작가는 한 땀 한 땀 진심을 꿰매듯 기획안을 쓴다.

'자, 들어보시겠어요? 이건 지금 이 시대에 꼭 필요한 이야기입니다.'

기획의도는 수십 편의 에세이를 써오며 이미 마음속에서 잘 발효됐다. 이제 꺼내기만 하면 된다.

컴퓨터 앞에 앉는다. 첫 문장을 적기 시작한다. '이 드라마
는'. 커서가 깜빡인다. 깜빡, 깜빡, 깜빡, 삼십 분째다. 그사이 커
피를 세 잔 마셨고, 스탠드 각도를 조정했고, 허리를 한 바퀴 돌
렸고, '기획안 잘 쓰는 법'을 검색했다가 무드등 신상품 코너에
빠졌다가 장바구니에 USB 워머까지 넣었다. 그러다 정신 차리
고 돌아온다. 커서는 여전히 깜빡이고 있고 나는 여전히 첫 문
장에서 서성이고 있다.

진심을 어떻게 짧고 임팩트 있게 말하느냐에 기획안의 성패
가 달려 있다는 것을 잘 안다. 그 비결을 알게 되기까지 꽤나 굴
욕적인 여정이 필요했다.

새벽 다섯시, 그날도 나는 머리에 핀을 꽂은 채 기획의도를
쓰고 있었다. A4용지 다섯 장, 사랑이란 무엇인가에서 시작해
결혼제도의 사회적 의미, 가부장제에 대한 반성, 그리고 나의
대학시절 짝사랑까지 써내려갔다.

기획안을 보낸 날, CP님에게서 전화가 왔다. 나는 기대에 찬
목소리로 받았다.

"작가님, 잘 읽었습니다. 근데 이거 약간 수필집 같은데요?"

그날 밤 이불을 뒤집어쓴 채 기획안을 다시 읽었다. 이게 수

필이냐 소설이냐. 피드백은 정확했다. 수정안은 마음을 단단히 먹고 대도시의 쿨한 작가처럼 썼다. '이 드라마는 결혼에 관한 이야기다.' 그러자 이런 결과가 돌아왔다.

"작가님, 이건 좀 건조해요. 가전제품 설명서 같은 느낌이랄까요?"

기획안 쓰기는 에세이와 광고 사이 어딘가, 감성과 전략의 줄타기다. 진심은 심장으로, 문장은 머리로 쓰는 일. 내 안의 목소리가 타인의 마음에 닿을 수 있도록 말의 온도를 조절하고, 문장의 각도를 꺾고, 괄호 하나에도 숨을 불어넣고, 점 하나에도 여운을 담는다. 결국 기획안은 드라마보다 먼저 쓰는 이야기의 미끼이자 첫번째 설득의 기술이 아닌가. 사랑에 빠지게 만들고 싶다면 기획안에서부터 읽는 이의 심장이 좀 뛰어줘야 한다.

자, 이제 나는 무얼 써야 할까. 또 하나의 기획안을 위해 에세이를 몇 편이나 더 뽑아내야 할까. 내가 진짜 쓰고 싶은 이야기는 뭘까. 에세이를 쓰기 위해 감성을 무이자 12개월 할부로 끌어다 쓴다. '이번 달은 진심 좀 아껴 써야지' 다짐하지만 막상 키보드 앞에 앉으면 또 영혼이 과소비된다.

그렇게 오늘도 이불 속에서 혼자 기획회의 3차까지 돌리다가 정작 안건은 통과 못 시키고 머리만 식힌 채 새벽을 맞는다. 그러다 문득 마음 한구석에서 이야기 하나가 슬쩍 손을 든다.

'저요, 저 좀 봐주실래요?'

글쟁이입니다. 뭐든 써드립니다

명함 속 내 이름 앞에는 '글쟁이'라고 타이틀이 적혀 있다. 드라마작가도, 소설가도, 에세이스트도 아니고 그냥 글 쓰는 사람. 정확히 말하면 글 되는 건 다 써본 사람. TV드라마, 소설, 라디오드라마, 라디오 구성안, 다큐멘터리, 에세이(주제는 육아, 요리, 신화, 영화 등등), 웹소설까지 썼다. 하마터면 명함에 이 문구도 넣을 뻔했다.

'돈 되는 글은 다 써드립니다.'

글쓰기가 내 밥벌이 수단이 되어온 것은 사실이다. 그러나 돈이 내 글쓰기의 첫번째 의미는 아니다.

아들이 어릴 때 갑자기 이런 질문을 던진 적이 있다. "엄마는 왜 그렇게 글을 써? 유명해지고 싶어서 그래?" 나는 화들짝 놀라 0.1초 내로 대답했다. "아니!"

그러고는 어느 해녀의 대사를 빌려 대답을 들려주었다. 연세 지긋한 해녀 어머니가 자꾸 바다에 들어가니까 장성한 아들이 말리며 말했단다. 바다에 들어가지 말라니까 왜 자꾸 가냐고. 그때 어머니가 대답했다.

"어제도 하니까 오늘도 하지."

내가 글을 쓰는 이유는 뭐랄까, 꿈이라고 부르기에는 어딘가 덜 낭만적이고, 직업이라고 부르기엔 조금 더 본능적이다. 밥 냄새 나면 배고픈 것처럼 이야기 냄새 나면 컴퓨터부터 켠다. 쓰고 싶어서 쓴다기보다 그냥 안 쓸 수가 없어서 쓴다. 갈망이랄까, 습관이랄까. 아직 이름 붙이지 못한 마음 하나, 그게 나를 계속 쓰게 만든다.

글을 써서 글을 파는 사람인 글쟁이, 그 시작은 언제부터였을까. 언제부터 나는 글을 써서 누군가의 마음을 움직여보겠다는 이 '장사'를 시작한 걸까.

돌이켜보면 그 시작은 아주 작은 방 안이었다. 열 살 무렵의 어린 소녀가 일기장 앞에 진지한 표정으로 앉아 있다. 그 아이는 할 말이 있다. 언니에게 많이 섭섭했던 어떤 일에 대해. 그래서 그 일을 일기장에 또박또박 적는다. 그러고는 그 페이지를 전시하듯 언니 책상 위에 펼쳐두고 사라진다. '읽고 반성하시길.' 그런 무언의 메시지랄까.

우리는 말 대신 글로 싸우는 자매였다. 논리와 감정, 기승전결까지 갖춘 '필담 배틀'은 이렇게 펼쳐지곤 했다.

사건의 발단은 바나나우유였다. 냉장고에 딱 하나 남은 바나나우유는 내 거였다. 분명 아침에 "이건 내 거니까 손대지 마"라고 말까지 했었다. 하지만 학교에서 돌아와 보니 우유는 없었고, 범인은 도망간 후였다. 나는 곧장 일기장을 꺼냈다.

사건명: 바나나우유 실종 사건
용의자: 언니(매우 유력)
피해자: 나(참고로 굉장히 화남)
요구사항: 제자리에 갖다 놓을 것

그리고 마지막 문장은 이러했다. "이건 단순한 우유의 문제가
아니라 신뢰의 문제다!"

잠시 후 언니가 등장한다. 일기장을 보고 한숨을 쉬고는 연
필을 든다. 이번엔 언니가 하고 싶은 말을 또박또박 적고 일기장
을 내 책상 위에 고이 올려놓는다.

냉장고는 식구들이 다 같이 쓰는 공공장소다. 거기 둔 당신 잘못
이다.

"보상은 다른 우유로 가능합니까?"라는 협상 제안이 끝을 장
식했다. 나는 분노의 연필을 휘갈겼다.

다른 우유는 인정할 수 없다. 바나나우유를 다시 가져다 놔라.

우리의 '바나나우유 조약'은 며칠이나 일기장에 이어졌다.

어느 날에는 학교에서 울면서 돌아왔다. 친했던 친구가 갑자
기 딴 아이랑만 놀겠다고 했다. 집에 와서 가방을 던져놓고는 일
기장을 꺼냈다.

오늘 슬펐다. 내가 싫어진 걸까? 아무한테도 말하기 싫은데 말 안 하면 너무 답답해서 그냥 여기에 적는다.

그 페이지를 펼쳐서 언니 책상 위에 올려두고는 불을 끄고 이불 속에 들어가버렸다. 얼마 후, 방에 불이 켜졌다가 다시 꺼졌고 일기장은 내 책상으로 돌아와 있었다. 조심스레 펼치니 언니의 글씨로 이렇게 적혀 있었다.

네가 싫어질 리가 없어. 너는 나랑 제일 오래 놀아준 사람이야. 그건 너 때문이 아니야. 오늘은 나랑 놀자. 내가 반장 시켜줄게. 잠시 후 비밀 동아리 회의.

그날 밤, 나는 언니와 둘이서 라면땅을 들고서 창문을 열고 별을 보며 회의를 했다. 회의 안건은 없었지만 그 밤은 꽤 오래 기억에 남았다.

그렇게 우리 자매는 서툰 마음들을 일기장에 눌러 담으며 살았다. 툭 던졌다면 상처였을 말, 울컥했지만 꾹 참았던 이야기, 몰래 짠 비밀 작전회의까지, 모든 감정과 비밀이 일기장 한 권

안에서 조심조심 오갔다. 글쓰기는 우리에게 말보다 안전하고, 말보다 덜 아픈 소통방식이었다.

그러다가 언제부터였을까. 나도 모르게 이야기를 '짓고' 있었다. 그 시절 나는 희곡 비슷한 것을 써서 연극하며 놀았다. 형식이나 구성은 몰랐지만 장면들은 쉴새없이 쏟아졌다. 무대는 거창할 필요 없었다. 낡은 담요 하나만 있으면 됐다. 장롱에 휘리릭 걸어두면 그곳이 곧 무대였고 조명은 창문으로 쏟아지는 햇빛으로 충분했다. 음향은 내 입으로 "빰빠라밤~" 때론 박진감 넘치게, 때론 잔잔하게 직접 연주했다. 배우 수급에도 문제는 없었다. 언니, 동생, 이웃집 친구까지 강제 캐스팅. 거부권 따위 없었고 배역은 현장에서 통보되었다. "너는 이번에 기억 잃은 재벌 상속녀야."

나는 극본도 쓰고, 연출도 하고, 주연도 맡았다. 심지어 객석에서 박수까지 내가 쳤다. 말하자면 1인 극단, 조금 더 멋지게 말하면 초미니 콘텐츠 제작소였다. 출연료도 극본료도 없었다. 하지만 무대 위에선 세상 누구보다 진짜인 내가 뛰어놀았다. 상상은 리허설 없이 시작됐고 나는 처음으로 이야기 안에서 살아가는 법을 배웠다.

만화책을 하도 본 탓일까. 어느 순간부터 만화도 그리고 있었다. 공책에 열정만큼은 프로급으로 줄도 안 맞는 연필 선을 마구 휘갈겼다. 배경은 없고 인체 비율은 엉망인데 눈만큼은 유난히 컸다(당시엔 눈이 커야 주인공이었다). 말풍선 안에는 논리 같은 건 필요 없었다. 그저 하고 싶은 말을, 터지는 상상력을 담았다.

나…… 사실 외계인이야.
뭐? 너는 내 오빠잖아!!

그쯤 되면 장르도 국적도 중요치 않았다. SF도 되고, 막장도 되고, 필요하면 무협도 됐다. 한 명의 작가이자 감독이자 편집장이 하필이면 초등학생이었던 셈이다.

만화가 몇 장 모이면 나는 송곳으로 종이에 구멍을 뚫고 끈으로 꿰어 책처럼 묶었다. 그걸 그냥 나눠줬을까? 천만에, 나는 당당하게 값을 매겼다. 오십 원, 백 원. 가격은 착했지만 공짜는 없었다. 가끔 동네 어르신들도 호기심에 한 권씩 들고 갔다. 생각해보면 내 인생 첫번째 출판이었고 동네 아이들과 어른들은 내 첫번째 독자들이었다.

참 웃긴 일이다. 엉성하기 짝이 없는 그림에 앞뒤도 안 맞는 어설픈 이야기. 도대체 왜 사람들은 돈을 내고 그걸 '살' 생각을 했을까? 또 나는 왜 굳이 '팔' 생각을 했을까? 헛웃음이 난다. 하지만 나의 '책 아닌 책'을 받아든 아이들의 눈빛은 분명 반짝였고 어른들도 슬쩍 웃으며 페이지를 넘겼다.

그때부터였다. 서툴고 엉성하지만 나의 이야기가 누군가를 웃게 하고 누군가의 눈빛을 반짝이게 한다는 걸 알게 된 것은. 그리고 글이, 이야기가 세상과 나를 연결해줄 수 있다는 것을 믿게 되었다. 한 장의 종이 위에서도 마음은 누군가에게 닿을 수 있다고 확신하게 된 것이다.

그후 오랜 시간이 흘렀다. 서로 다른 길을 걷느라 까맣게 잊고 지냈던 얼굴들이 오랜만에 한자리에 모였다. 동창 모임이었다. 철없던 학창시절 얘기로 웃고 있는데, 한 친구가 내게 말했다. "난 네가 글 장사꾼 될 줄 알았어."

초등학생 때부터 만화책을 만들어 팔고, 연극 무대를 담요로 꾸며놓고 사람들을 끌어모으던 아이. 작은 보상이라도 받고 상상력 몇 페이지를 건네던 시절. 그때부터 나는 이미 세상과 무언가를 거래하고 있었다.

　나는 웃으며 말했다. "그래. 아직도 글을 팔고 살아. 어릴 땐 돈이 안 됐고 지금은 글이 안 팔려."
　다들 한바탕 웃고 있을 때, 나는 문득 생각했다. 어쩌면 그 모든 시작이 이미 오래전에 정해져 있었던 것 같다고.

　글 장사. 부인할 수 없는 말이다. 맞다, 나는 글을 판다. 어떤 날은 감정을 팔고, 어떤 날은 상상을 팔고, 어떤 날은 내가 미처 몰랐던 내 마음까지 팔아본다. 감사하게도 가끔은 좋은 값에 팔린다. 종종 허무하게 흘러갈 때도 있고, 운 없으면 그냥 바람만 스쳐간다. 그래도 나는 팔기 위해 쓰고, 쓰기 위해 버티고, 버티기 위해 또 쓴다. 누군가의 마음에 살짝 발끝이라도 닿고 싶어서 단어를 다듬고 문장에 어설픈 리본을 묶고 지극정성을 쏟아본다. 그리고 빈다. 제발 내 글 좀 사주세요.

　키보드 하나 들고 세상과 거래하는 프리랜서 정情 장사. 문전성시까지는 아니더라도 적어도 내 글 앞에 먼지만 굴러다니지 않기를, 그냥 지나치지 말고 당신이 발걸음을 멈춰주기를 바라면서 작은 장터 한구석에 마음 한편을 펼쳐놓는다. 그 위에 플래카드도 걸어둔다.

'절찬 판매중!'

시간이 선물이 되는 순간

드라마작가들 사이에서 나는 '성실함' 정도는 맡고 있다. 여러 편의 연속극을 쓰는 동안 살인적인 분량과 마감 지옥을 오가면서도 단 한 번도 대본 펑크를 낸 적이 없기 때문이다. 지금까지 내 원고 마감을 지켜준 비법이 있다면 이것이다.

남들보다 조금 일찍 하루를 시작하는 것.

나는 어릴 때부터 새벽형 인간으로 '길들여졌다'. 우리집엔 아침마다 지옥의 알람이 울렸다. 아버지의 헛기침. "크흠. 크흠 흠." 이건 그냥 소리가 아니었다. 거의 선전포고였다. 그 소리가 들리면 육 남매는 자동으로 이불 정리 삼 초 컷, 세수 오 초 컷,

거실 집합 십 초 컷이었다. 아버지는 단 한마디도 하지 않으셨다. 그저 기침만 하셨을 뿐.

아버지의 기상나팔에 단련된 덕분에 나는 지금도 새벽형 인간이다. 새벽 다섯시면 내 몸은 배신을 모른다. 알람도 필요 없다. 눈이 떠지기도 전에 내 뇌가 먼저 속삭인다. "자, 이제 곧 기침하실 시간이야." 그러면 이불 속에서 내 영혼이 자동 부팅된다. 전원 버튼은 누가 누르지도 않았는데 부드럽게 켜진다. "크흠. 크흠흠." 기억 속 아버지의 그 음성이 시스템사운드처럼 머릿속을 맴돈다.

우리집엔 새벽 체질이 아닌 인간도 하나 있었다. 바로 막내 정미다. 어릴 적 동생은 아버지가 무서워 울며 겨자 먹기로 눈을 떴다. 눈꺼풀은 아직 꿈나라였지만 몸은 먼저 현실에 입장했다. 그런데 동생이 일본 유학을 가면서 인생이 뒤집혔다. 거긴 달랐다. 아버지의 기상 헛기침도 없고 대낮에 일어나도 아무도 뭐라 하지 않았다. 그날부터 동생은 아침잠의 해방구를 만났다. 늦잠이 권리인 나라. 일어났는데 해가 중천이어도 "와, 잘 잤다"가 가능하던 나라였다.

방학 때 집에 오면 동생은 아침 일곱시 이전엔 절대 눈을 뜨지 않았다. 기상은커녕 기척조차 없었다. 하지만 문제는 아버지는 여전히 시간을 통제하는 집안의 신이었다는 것. 어머니는 가끔 딸 편을 들었다. "애 좀 자게 놔두세요." 하지만 아버지는 어머니의 잔소리를 피해 끈질기게 동생을 깨우셨다. 일단 동생은 일어나는 척했다. 눈은 1밀리미터만 떠 있고 몸은 마치 조각상처럼 안 움직였다. 아버지가 출근하시자마자 다시 이불 속으로 재진입 성공! 그런데 비극은 예고 없이 왔다.

어느 날 아버지가 뭔가를 두고 가셨는지 예상치 못하게 귀환하셨고, 다시 코 고는 동생을 목격하신 아버지의 눈빛이 방 안의 온도를 3도 낮췄다. 생존 본능이 발동해 벌떡 일어난 동생, 억울함 200퍼센트 충전된 표정으로 외쳤다.

"밤새 공부했단 말이에요! 왜 꼭 아침에 일찍 일어나야 되는 건데요?"

그 질문에 아버지는 세기의 명언을 남기셨다.

"아침에 일찍 일어나면, 하루에 두 시간이 더 생기는 법이다. 그 두 시간을 헛되이 낭비하고 말 거냐?"

아버지에게 아침은 시간이 아니라 철학이라는 것을 그때 깨달았다. 아버지에겐 하루가 정확히 두 개의 시간대로 나뉘어 있었다. 밤은 내일을 예비하는 정적의 시간이고, 낮은 온몸으로 부딪히는 동적의 시간이었다. 밤은 하루의 에너지를 다시 채우는 충전의 시간으로 써야 하고, 아침과 낮은 움직이고 창조하는 데 써야 한다는 게 아버지의 생각이었다.

아버지는 늘 말씀하셨다. "하루를 성실하게 살아낸 사람만이 밤이라는 보상을 받을 자격이 있다." 그 말엔 단순한 생활습관 그 이상의 철학이 있었다. 아버지에게 부지런함은 미덕이 아니라 삶을 경영하는 태도였다. 하루 이십사 시간은 누구에게나 공평하지만, 그 시간을 어떻게 배치하고 감당하느냐에 따라 인생의 밀도가 완전히 달라진다는 것을 아버지는 스스로 실천하며 보여주셨다.

순금이 24캐럿으로 완성되듯 하루 이십사 시간도 한순간 한순간을 정성껏 연마해야 비로소 순도 높은 하루가 된다고, 한 시간도 허투루 흘려보내지 않는다면 그날은 금으로 단단히 주조된 하루가 된다고 믿으셨다. 아버지에게 시간은 단지 흐르는 것이 아니었다. 그건 붙잡아야 할 가치, 낭비해서는 안 될 자산이었다. 아버지는 시간을 금처럼 다루는 법을 늘 강조하셨다.

아침에 일찍 일어나는 습관은 아버지 덕분에 내 안에 새겨진 삶의 리듬이다. 드라마작가가 된 지금도 그 리듬은 여전히 내 하루의 템포를 이끈다.

세상보다 먼저 깨어난 새벽, 얇게 포를 뜬 햇살이 창을 노크하면 나는 가느다랗게 눈을 뜨며 커튼을 연다. 그리고 가장 먼저 컴퓨터의 숨을 틔운다. 커피 원두를 갈아 내리는 동안 두툼해진 햇살에 커피 향이 스민다. 커서가 작은 불빛처럼 깜빡인다. 말들이 속삭이듯 그뒤를 따라오면 드라마를 위한 에세이 한 편을 마무리한다. 그러지 않는 날에도 그런대로 괜찮다. 햇살의 노크, 바람의 결이라도 기록해둔다. 그것이 나의 하루 시작 루틴이다.

새벽의 시간들 속에서 나는 늘 생각해왔다. 오늘이라는 시간은 아버지가 멀리 떠나시면서 내 앞에 내려놓고 간 반짝이는 선물이라고. 나는 시간을 남들보다 조금 더 넉넉히 선물받은 사람이다. 그 상자를 열면 하루의 빛이 숨을 고르며 당도한다. 그 숨결을 빌려 오늘의 첫 문장을 쓴다.

그날 주인공이 들어왔다

드라마의 기획안이 채택되고 나면 그다음은 배우 캐스팅이다. 이야기 속 인물이 실제 얼굴과 목소리를 갖게 되는, 상상에서 현실로 건너오는 의식이 시작된다. 드라마가 종이 위의 꿈에서 현실세계로 조심스레 발을 내딛는 일. 드라마가 '진짜 사람들의 이야기'가 되는 첫걸음이다. 하지만 이 아름다운 의식은 생각보다 훨씬 복잡하고 훨씬 더 고단하다.

배우 캐스팅은 드라마 제작의 꽃이자 제작진의 속을 태우는 화끈한 불꽃놀이다. 캐스팅 회의는 단순한 '얼굴 고르기'가 아니다. 가장 적확한 '존재'를 찾는 일이다. 대본 속 말과 감정이 어떤 배우의 연기로 피어날 수 있을지를 고민하고 서로 의견을 나눈다. "왜 하필 저 배우죠?" "그 역할은 그 얼굴이 아닌데요." 의견을 맞춰나가고 조율하는 것은 아주 중요한 과정이다. 나는 드라마 제작 단계에서 이 과정이 가장 어렵다. 하루하루 피가 마른다.

현실이 밀려들어오고 작가의 환상은 한 뼘쯤 뒤로 물러난다. 작가는 이미 오래전부터 한 사람을 생각하고 있었다. 인물을 쓸 때도, 대사를 만들 때도, 심지어 감정선을 설계할 때도 떠올렸던 바로 그 얼굴. 혼자만의 확신으로 썼던 이야기. 하지만 현실은 늘 잔인하다. "그 배우는 이미 다른 작품 들어갔대요." "그 배우는 회당 출연료가 제작비의 반이에요." "그 배우, 요즘 로맨스는 안 하신대요."

작가의 이상형은 회의록 한 줄로 탈락하고 만다. 내가 그렸던 인물은 인간이 아니라 신의 스케줄을 가진 환상 속 존재였다는 사실을 그제야 깨닫는다.

또다른 가능성을 찾아 다시 대본을 고치고, 다시 상상을 조율하고, 다시 회의실 불빛 아래로 돌아간다. 캐스팅은 운명과

인내심의 대결이다.

※ 주의: 캐스팅에서 가장 먼저 탈락하는 건 작가의 체력일 수 있음. 심하면 정신도 잠시 가출함.

새벽마다 촛불 켤 기세로 간절히 빌고 있으면 마침내 연락이 온다. "배우님께 대본 전달됐습니다. 읽어보기로 하셨어요." 세상을 다 가진 기분이 든다. 며칠 뒤 다시 소식이 온다. "대본, 정말 좋대요!"

온몸의 세포가 '됐다'를 외치며 샴페인 코르크를 딱 따려는 그 순간, 다음 말이 조심스럽게 따라온다. "그런데 지금 스케줄이 안 된대요." 심장이 쿵 바닥까지 내려앉는다.

첫사랑이 다른 사람과 결혼한다는 소식을 들은 기분이 그럴까. 머릿속에서 수십 번이나 함께 대사를 주고받았고 웃고 울고 싸우고 화해했다. 내게는 완벽한 상대였다. 대본 속에서만큼은 그 배우와의 '케미(케미스트리, 누군가와의 관계·호흡)'는 눈부셨다.

그러나 이제 그 모든 장면을 싹 다 지워야 한다. 얼굴을 지우고 목소리를 비우고 다시 새로운 누군가를 상상해야 한다. 작가는 그런 이별을 매번 조용히 받아들인다. 조금 구겨진 대본을 들고 다시 새로운 꿈을 꿔야 한다.

가끔은 믿을 수 없는 순간이 찾아오기도 한다. 머릿속에 그려왔던 그 얼굴, 종이에만 존재하던 그 눈빛이 배우의 실제 눈동자 위에 정확히 겹쳐지는 순간. 말도 안 되는 확률의 기적이다. 책상 위에선 끝내 완성되지 못했던 이야기가 조명 아래, 카메라 앞, 배우의 몸짓과 눈빛을 통해 생명을 얻는다. 그때 작가는 긴 꿈 끝에 도착한 듯한 기쁨을 느낀다.

〈결혼하자 맹꽁아!〉 캐스팅 당시, '구단수(남주인공)' 역할을 맡길 배우를 찾기 위해 오디션을 봤다. 커피는 이미 세 잔째, 정신은 카페인으로 간신히 수면 부족의 경계에서 비틀거리고 있었다. 그때 문이 열리고 박상남 배우가 들어섰다. 그가 의자에 앉더니 첫미디를 툭 내뱉었다.

"오디션 여러 명 봤죠?"

"네, 그렇죠……" 하고 대답했더니 곧장 이어진 말.

"이제 그러실 필요 없어요. 지금 제가 뽑힐 테니까요."

모두 하하 밝게 웃었고 나는 곧바로 말했다.

"감독님, 끝났어요. 주인공 본인이 오셨네요."

자신감 넘치는 태도도 좋았지만, 그의 그 말은 구단수 캐릭터를 그대로 옮겨놓은 듯했다. 그렇게 만장일치로 남자주인공이 뽑혔다.

이렇게 드라마가 시작되기 전, 작가인 나도 캐스팅을 위해 종종 배우 오디션에 참석하는데, 오디션장은 나의 또다른 수업시간이다. 오디션 현장은 연기를 보는 자리이기도 하지만, 사실은 사람을 보는 자리다. 여러 배우들이 오디션장을 스쳐간다. 비슷한 인사말, 비슷한 표정, 비슷한 대사와 동선. 나중에는 누가 누군지 헷갈리고 메모할 내용이 없어진다.

그런데 그날 마지막 순서로 들어온 배우는 조금 달랐다. 작은 키에 단정한 셔츠, 조심스러운 걸음걸이로 다가왔다. 가장 먼저 눈에 띈 건 인사하는 자세였다. 그 배우는 문을 열고 들어오면서 우리를 향해 인사를 한 번 하고, 자기가 걸어온 문 바깥을 향해서도 고개를 숙였다. 왜 문 쪽에도 인사했는지 궁금했는데 그 배우가 대사를 시작하기 전에 말했다.

"이런 기회를 주셔서 감사합니다. 들어오는 길도, 나가는 길도 소중하게 기억하고 싶어서요."

그 순간 나는 펜을 놓고 그 사람을 바라봤다. 그 배우가 아주 뛰어난 연기를 보여주지는 않았다. 그런데도 가장 오래 기억에 남았다. 들어오는 길에도, 나가는 길에도 진심으로 고개를 숙이는 그 사람이 말해주었다. 연기는 준비된 대사 한 줄보다 사람의 태도에서 먼저 시작된다는 것을.

작가의 일도 그렇다. 글을 쓴다는 것은 단지 멋진 문장을 고르고 반짝이는 서사를 꾸며내는 일이 아니다. 아직 만나지 못한 누군가를 향해 조심스럽게 고개를 숙이는 일이다. 내가 쓴 장면이 어떤 마음에 가닿을지 모른 채, 그래도 한 줄 한 줄 인사하듯 건네는 것이다. 들어오는 길에도, 나가는 길에도, 성급하지 않고 무례하지 않게 작은 떨림을 품고.

그날 조용히 새기듯 다짐했다. 좋은 글이란, 좋은 사람이 되기 위한 아주 긴 인사라는 것을 잊지 말자고.

또 하나, 오디션장에서 배우는 것이 있다. 오디션장에서 늘 느끼는 감정은 불안과 긴장이다. 수없이 준비하고 수없이 다짐했을 것이다. 하지만 마지막 순간, 떨리는 손으로 문을 여는 그 마음은 누구에게나 예외 없이 낯설고 조심스럽다.

어쩌면 배우나 작가나 이야기 앞에서는 모두 똑같이 서툴고 떠는 존재인지도 모른다.

오디션이 끝나고 커튼 뒤로 사라지는 배우들의 뒷모습을 보며 생각한다. 이 자리에서 우리가 믿은 것은 완성도 높은 연기가 아니다. 서툴렀지만 진짜였던 그 순간, 흔들렸지만 가짜가 아니었던 그 마음이다. 세상에서 가장 멋진 오디션은 '자기 마음으로 자기 자신을 연기하는 일'이다.

인생도 마찬가지 아닐까. 우리는 매일 그런 오디션을 치르며 살아간다. 대사도, 조명도, 연출도 없이 다만 작은 용기로 문을 열고 오늘의 '나'라는 배역을 조용히 정직하게 살아낸다.

캐스팅은 작가의 상상이 현실과 맞닿는 찰나의 교차점이다. 그 교차점에서 비로소 드라마는 '사람의 얼굴'을 갖게 된다. 이야기에 온기가 깃들고, 대사에 숨결이 얹히며 상상만으로는 도달할 수 없었던 결이 생긴다. 그래서 작가는 간절히 기도한다. 부디 이 만남이 이 인물이 살아가는 데 가장 따뜻한 얼굴이기를. 그리고 제발 스케줄이 되기를, 조건이 맞아주기를, 출연료 협상도 부디 순조롭기를. 드라마란 그렇게 수많은 기도 끝에 세상에 태어난다.

나는 또 한번 믿어보기로 한다. 이야기가 사람을 만나 얼굴을 갖고 숨을 쉬며 마침내 살아나는, 그 기적 같은 순간을.

믿지 않아 고꾸라지는 마음보다
믿어 거뜬해지는 마음을 선택한다.

부디 사고만 치지 말아주세요
  - 대본 리딩 DAY 1

드디어 대본 리딩 날이 다가왔다. 대본 리딩은 드라마 제작의 프리프로덕션pre-production 단계 중 마지막이자 가장 중요한 의식이다. 배우와 스태프가 모두 처음 얼굴을 맞대는 자리면서 이제 막 종이 위에서 뛰쳐나온 대사들이 처음으로 공기 중에서 숨을 쉬기 시작하는 순간이다.

리딩 때는 보통 일이 주 분량의 대본을 읽으며 배우들이 캐릭터의 톤과 흐름을 잡아간다. 작가 입장에서는 성적표가 한꺼번에 나오는 날이다. 이 작품이 진짜 잘 굴러갈지 아니면 대차게 구를지, 아예 굴욕을 당할지 예상해보는 일종의 '생방송 예행연습이기 때문이다. 드라마의 성패는 시청률이 아니라 첫 리딩 때 이미 예고된다.

리딩이 진행되는 방송국 대회의실의 문을 열고 들어섰다. 제일 먼저 눈에 띄는 건 커다란 'ㅁ' 자 모양의 긴 테이블이다. 배우들이 빙 둘러앉을 자리를 마련해둔 전장 같은 자리에 이름표들이 가지런히 놓여 있다. 자리에는 따끈한 커피 향이 풍기고 간단한 다과가 놓여 있지만 그 어떤 것도 잘 넘어가지 않는다. 배우들이 대본을 어떻게 읽어줄까, 그 생각만 머릿속을 꽉 채운다.

배우들이 하나둘 들어와 앉으면 공기는 묘하게 달라진다. 서로 서먹하게 첫인사를 나누기도 하고, 이미 다른 작품에서 만났던 배우들은 서로 반갑게 인사를 나누기도 한다. 누군가는 여유롭게 농담을 던지고, 누군가는 긴장된 얼굴로 대본을 꼭 쥐고 있다.

감독님이나 조연출이 "자, 시작해볼까요"라고 말하는 순간, 회의실 공기가 눈에 보이듯 팽팽해진다. 진행에 따라 한 사람씩 공식적인 인사가 시작된다.

"맹공희 역의 ○○○입니다. 반갑습니다."

"구단수 역의 ○○○입니다. 잘 부탁드립니다."
"드라마 센터장 ○○○입니다. 여러분을 믿겠습니다."
"○○ 제작사 대표입니다. 열심히 하겠습니다."
"감독 ○○○입니다. 좋은 작품 만들겠습니다."

짧은 인사말들이 테이블 위를 돌아다니며 그 안에 묘한 긴장과 기대가 스며든다. 배우들은 허리를 꼿꼿이 세우고, 스태프들은 메모지에 작은 글씨를 남기며 귀기울인다. 그리고 어느새 모두의 시선이 내 쪽으로 향한다. 작가 차례다.

나는 숨을 고르고 간단히 나를 소개한 뒤, 함께해주시는 분들께 감사 인사를 건넨다. 그리고 언젠가부터 꼭 하는 당부가 있다.

"여러분은 다 프로시니까 일 걱정은 안 할게요. 그냥 이 부탁만 드립니다. 드라마 하는 동안 아프지 말고 다치지 말고 그리고 부디 음주운전하지 마시고……."

순간 여기저기서 웃음이 터진다. 나는 한 박자 쉬고 덧붙인다.

"그리고 집안 단속도 부탁드립니다."

더 큰 웃음이 번지지만 웃음 속에 '이건 진짜 농담만은 아니다'라는 공감이 묻어난다. 왜냐하면 한 사람의 사건이 드라마를 송두리째 흔든다는 것을 모두 알기 때문이다.

드라마가 방영되는 동안 배우 한 명에게 무슨 일이 생기면 작가의 마음은 제작일정보다 먼저 무너진다. 만일 배우가 아프거나 다쳐서 병원에 입원하는 일이 생기면 '빨리 쾌유하시길 바랍니다'라는 연락을 보낸 뒤 컴퓨터 앞에 앉아 세상의 모든 비상 플랜을 짜기 시작한다. 우선 회차 전체가 과거 회상 특집으로 변한다. 본인은 한 장면도 안 나와도 된다. 대신 다른 인물들이 등장해 그 인물을 추억하고 해석하고 몽환적으로 기억해준다.

ㄴ 사람은 늘 이렇게 말했지.
그 사람 웃음소리가 아직도 들리는 것 같아.

시청자들은 눈물바다. 그동안 나는 뒷목을 잡고 '제발 다음 주까진 퇴원하시기를' 기도한다.
만일 배우가 영영 낫지 않는다, 그땐 대본이 더 과감해진다. 갑자기 외국 유학을 가거나 뜻밖의 해외 파견근무가 생기기도 한다. 심지어는 멀쩡히 밥 먹다가 다음 장면에서 갑자기 영면에 드시기도 한다. 관객은 "아니, 왜 이렇게 급하게?" 하고 놀라지만, 작가는 속삭인다. "원래 드라마는 예측불허의 장르입니다."

그런데 이런 일쯤은 아무 일도 아닌 축에 속한다. 배우가 음주운전으로 기사를 탔다, 배우가 사건 사고로 뉴스에 오르내렸다, 배우의 가족이 국민 정서를 해치는 사건으로 구속됐다, 그럴 땐 사는 게 사는 게 아니다. 속이 바짝바짝 타들어간다. 다음 회가 정상 방영될 수 있을까 하는 걱정에 밥도 안 넘어간다.

이런 연락을 받은 적도 있다.

"작가님, 상황이 좀 심각해졌어요. 배우를 교체해야 할 것 같아요. 아니면 엔딩을 바꿔야 할지도 모릅니다."

이런 초유의 사태가 발생할 때면 다시 한번 절감한다. 이야기의 운명을 쥐고 있는 건 작가의 펜도, 감독의 콘티도 아니다. 배우의 사생활이다.

배우에게 사건 사고가 터지는 순간부터 작가는 뉴스 포털의 '단독' 두 글자에 심장이 멈췄다가 다시 뛰는 훈련을 하게 된다. 그런 일들을 겪고 나면 작가가 배우에게 바라는 것은 더이상 "연기 잘해주세요"가 아니다. "제발 무사히만 끝마쳐주세요" 쪽이 훨씬 절실하다.

드라마는 픽션이지만, 그걸 만드는 현실은 예측불허 리얼 예능이다. 극은 사건이 터져야 굴러가지만, 촬영 현장은 오직 평화로 굴러가야 한다. 드라마 안에서는 배신과 암투가 터져도 현장만큼은 잔잔한 호수 같기를 바란다.

그래서 리딩 날 작가의 인사말 끝에 늘 덧붙인다. 이 드라마는 명작이 되는 것보다 무사히 완주하는 게 목표라고. 우리의 최대 적은 악역이 아니라 '예상치 못한 변수'라고. 그 말에 모두 고개를 끄덕인다. 누구나 알고 있기 때문이다. 한 줄의 대사가 아니라 한 줄의 기사가 드라마를 흔들 수 있다는 사실을.

특히 연속극은 거의 일 년 넘게 동고동락해야 하는 장거리 레이스다. 그 기간 내내 원고를 쓰면서 간절히 기도한다.

이번엔 제발 대본을 계획대로 쓰게 해주소서. 죽이든 살리든 제발 대본 안에서만 하게 해주소서.

작가와 배우의 호흡 주고받기
  - 대본 리딩 DAY 2

대본 리딩은 단순한 낭독 자리가 아니다. 감독은 연출 방향을, 배우는 캐릭터 해석을, 작가는 수정 여부를 판단한다. 작품의 방향성, 감정선, 호흡, 그리고 가끔은 캐스팅 재정비까지 이 방 안에서 조율되고 결정된다.

숨 고르며 대사를 주고받다보면 어느 순간 묘하게 공기가 달라진다. 서로 낯설어하던 사람들 사이에 한 줄의 대사가 스며들고 한 번의 웃음이 얼음을 녹인다. 어떤 배우는 감정을 실어 대사를 하다가 실수로 대본 페이지를 넘기지 못해 순서를 놓치고, 그걸 옆 배우가 슬쩍 받아 애드리브로 살려낸다. 그 순간 방 안은 긴장이 풀린 웃음으로 가득찬다. 누군가가 "이 작품, 잘되겠는데요?" 하고 슬쩍 던지는 말이 들려오면 그제야 작가로서 마음이 풀린다. 비로소 한 배를 탄 기분이 든다.

물론 배는 아직 출항도 안 했다. 앞으로 파도는 몰아칠 것이고, 누가 조타수고 누가 노 젓는 사람인지 헷갈릴 때도 많을 것이다. 하지만 그날 그 방에서 서로가 같은 방향을 바라보기 시작한다. 한 배를 탔다는 소속감, 어쩌면 그것이 리딩 날이 주는 가장 큰 기적이 아닐까.

소속감을 갖는 것도 의미는 있지만, 사실 리딩 날의 목적은 하나다. 순풍에 돛 단 듯 앞으로 잘 나아가기 위한 것. 그래서 리딩 현장은 엄숙하고 긴장될 수밖에 없다.

사실 나는 배우의 연기 톤이 마음에 걸려도 그 부분을 잘 말하지 못하는 편이었다. 입 밖에 내는 순간 배우의 자존심을 건드릴 수 있기 때문이다. 배우는 온 힘을 다해 그 장면을 해석하고 자신만의 리듬으로 그 인물을 만들었을 것이다. 그걸 향해 '그게 아니에요'라고 말하는 것은 배우의 능력을 부정하는 것처럼 느껴질 수 있기 때문에 조심스러워웠다.

문제는 '이게 아니다' 싶은데 배려하느라 그냥 넘어가서 드라마 방영 내내 후회했다는 것이다. 그때 그 톤에 대해 같이 이야기 나눴어야 했다고 내 머리를 몇 번이고 쥐어박았다. 그러라고 작가가 대본 리딩 자리에 앉아 있는 건데 왜 말하지 못했을까. 회차가 넘어갈수록 점차 나아지겠지 기대해봤지만 절대 안 달라졌다. 대본 리딩에서 나온 배우의 톤은 방영 끝까지 간다. 작가도 감독도 그냥 넘어가면, 배우는 '아, 이게 맞구나' 하며 그 톤으로 굳어진다.

시행착오를 겪고 나서부터는 리딩이 끝난 후에 배우와 일대일로 대면해서 말하는 편이다. 모두가 있는 자리에서 얘기하는 것보다 둘만 있을 때 얘기하는 것이 그의 자존심을 지켜주는 일이라고 생각해서다. 둘만 있을 때 의견을 꺼내도 배우의 표정은 굳어지며 상처받은 눈빛으로 바라본다. 그래도 드라마 방영 내내 작가가 혼자 머리를 쥐어박는 것을 미리 예방하는 편이 낫다.

내가 신중하게 건넨 조언으로 배우의 연기에 새로운 호흡이 생기고 좋은 방향이 작용했을 때 비로소 안도의 한숨을 내쉰다. 물론 항상 그렇게 잘 풀리는 건 아니다. 때로는 오해가 생기기도 하고 말의 의도가 잘못 전해질 때도 있다. 그럼에도 그 순간은 꼭 거쳐야 한다.

간혹 리딩이 끝나고 배우가 아예 교체되는 경우도 생긴다. 그럼 제작진들이 어렵게 논의한 끝에 나에게 연락해온다. "작가님, 혹시 그 배역, 다른 분으로 가도 괜찮으세요?"

질문이 끝나기도 전에 나는 리딩 때 메모한 것을 들여다본다. 이렇게 제작진이 먼저 연락을 준 경우, 대부분 내 메모에도 이미 적혀 있다. '어떡하지? 큰일났네.' 꾹 눌러 쓴 그 한 줄이, 리딩이 끝나자마자 현실이 되어 돌아온 셈이다.

배우들끼리 배역을 맞바꾸는 경우도 아주 가끔 생긴다.

그날도 그랬다. A 배우는 코믹한 조연, B 배우는 극의 긴장감을 끌고 가야 하는 냉혹한 악역이었다. 처음엔 그냥 톤 문제인 줄 알았다. A 배우의 대사는 무난했고 B 배우의 연기력에도 이상은 없었다. 다만 각자 그 배역을 너무 열심히, 안 어울리게 잘하고 있었다. A는 대사 중간중간 불필요한 철학적 침묵을 넣었다. 짜증과 경솔함이 묻어나야 할 "됐어, 그냥 가"라는 대사가 있다 치면, 그의 "됐어, 그냥 가"는 마치 셰익스피어 비극 같았다. 반면 B는 악역 대사를 읽을 때마다 뭔가 귀여웠다. 그는 "네가 뭔데 날 판단해?"라는 대사를 뱉으며 눈을 부라렸지만 옆에서 누가 킥 웃음을 터뜨렸다. 그도 민망했는지 고개를 푹 숙였다.

그날 리딩이 끝난 후 감독이 조용히 말했다.
"작가님, 그 두 사람, 혹시 배역 바꿔보면 어떨까요?"
나는 내심 안도하며 말했다.
"솔직히 저도 그 생각 했어요."

방영이 시작되자 그날의 선택이 얼마나 옳았는지가 여실히 드러났다. 역할도 옷처럼 맞는 게 있다. 그 '맞는 옷'을 입는 순간, 드라마는 스스로 흐르기 시작한다.

대본 리딩을 마치고 나면, 작가에게는 감이 온다. '잘될 것 같다' 또는 '뭔가 불안하다'. 경험상 리딩에서 안 좋은 느낌이 들면 가차없이 결과도 안 좋다.

그날 리딩은 분명 무사히 끝났다. 아니, 정확히 말하자면 꽤 잘된 편이었다. 배우들 호흡도 나쁘지 않았고 마무리 박수도 힘찼다. 공기는 따뜻했고, 실망한 얼굴도 없었다. 그런데 자리에서 일어설 때, 이상하게 기분이 무거웠다.

뭐가 문제였을까. 대사도 매끄러웠고, 배우들의 감정선도 큰 무리 없이 이어졌다. 그런데 심장이 반응하지 않았다. 이야기가 살아 움직일 때 느껴지는 그 '안쪽에서 쿵' 하는 반응이 와주지 않았다.

집에 돌아온 나는 컴퓨터 앞에 앉아 대본 파일을 열었다. 배우들의 톤에 맞게 이야기의 심장을 다시 뛰게 할 타이밍이었다. 리딩은 끝났지만, 작가의 리라이팅은 그제야 시작된다.

반대로 잘될 작품은 숨결처럼 자연스럽게 읽힌다. 배우들이 대사를 주고받을수록 대본은 점점 가벼워지고 나는 점점 숨이 편해졌다. 이야기가 멱살 잡혀 끌려가는 게 아니라 스스로 두 발로 걷고 있었다. 리딩이 끝나고 다들 회의실을 나갈 때 감독님이 내게 조용히 말했다.

"작가님, 이 드라마 될 것 같아요."

나는 대답 대신 웃었다. 그날 밤, 나는 대본을 한 줄도 고치지 않았다.

리딩이 끝나고 나면 배우, 감독, 스태프들이 삼삼오오 회식 장소로 향한다. 이제 진짜 질문들이 시작될 시간이다. 대체로 질문은 세 종류다.

질문 1. "작가님, 저 오늘 톤 괜찮았어요?"

배우 A가 고기를 구우면서 묻는다. 리딩 톤을 다시 한번 점검받는 것이다. 나는 물을 마시는 척하고는 웃으며 대답한다. "네, 톤 좋았어요. 특히 후반부 감정선, 감이 딱 왔어요." 실은 중반부에서 템포가 살짝 빨랐다고 느꼈지만 지금 말하긴 너무 이르다.

질문 2. "작가님, 근데요. 저 나중에 죽어요?"

배우 B는 반쯤 장난스럽게 묻지만, 눈빛은 진지하다. 캐릭터 생존 여부를 탐색하는 것이다. 나는 물컵을 들고 잠시 뜸을 들이다가 "아직 고민중인데 죽더라도 예쁘게 죽이려고요" 하고 웃는다. 실은 이미 14회에 죽음 확정이다. 하지만 지금 말하면 저 배우, 고기 못 삼킨다.

질문 3. "저 궁금한 게요, 제가 그 사람 좋아하는 거 맞죠?"

배우 C는 소주잔을 들고 묻는다. 러브라인을 내심 확인해보고 싶은가보다. 대본에는 아직 감정선이 확실히 나오진 않았지만 나는 그 배우의 눈빛을 떠올리며 고개를 끄덕인다. "그 감정 있어요. 잘 캐치하셨어요." 그리고 속으로 기억해둔다. '그 감정선, 이제부터 써야겠다.'

가끔 뜻밖의 질문도 받는다. 한 명쯤 조용히 앉아 있다가 술잔을 천천히 기울이며 묻는다. "작가님. 이 사람…… 어떻게 살아야 할까요?"

그 말에 나는 숟가락을 내려놓는다. 이건 연기가 아니라 삶에 대한 얘기다. 작가로서 나는 이 질문을 가장 진지하게 받아들이고 가장 진실하게 답해야 한다.

"그 사람은요, 겉으론 다 괜찮은 척하지만, 실은 매일 자기감정을 몰래 접어서 가방 안에 넣고 다니는 사람이에요. 그래서 연기하실 때도 항상 한 걸음쯤 뒤에 감정이 따라왔으면 좋겠어요. 말보다 눈이 먼저 말하게."

리딩 후의 회식 자리는 질문이 쏟아지는 자리이자 인물이 본격적으로 태어나는 자리다. 회의실에선 조심스럽던 배우들이

고기 냄새와 소주 한잔 사이에서 비로소 '그 사람'을 이해하기 시작한다. 그리고 나는 그 질문들을 통해 이야기를 다시 쓰기 시작한다.

회식이 끝나고 집에 돌아오면 방 안은 묘하게 적막하다. 식탁 위엔 대본이 고깃집 연기 냄새를 살짝 머금은 채 놓여 있다. 나는 가방을 내려두고 그 대본을 다시 펼친다. 한 장, 또 한 장, 이미 수십 번 봤던 장면인데 다르게 읽힌다. "작가님. 이 사람⋯⋯ 어떻게 살아야 할까요?" 그 배우의 눈빛이 떠오른다. '이 인물'이 아니라 '이 사람'이라고 말했던 그 조심스럽고 단단한 말투. 그래서 나는 대본을 다시 읽는다. 처음 보는 문장처럼.

5회, 아버지에게 말도 안 되는 반항을 쏟아내는 장면. 그날 회식에서 배우가 물었다.

"작가님, 얘가 이 말을 하고 나중에 후회하죠?"

그때는 웃으며 "당연하죠"라고 말했었지만, 집에 돌아와서는 그 후회가 대사 어디에 닿아야 할지 고민하게 되었다.

7회, 사랑을 밀어내는 대사. "괜히 가까워지면 나중에 더 아프니까." 배우는 그걸 읽고 나서 고개를 갸웃했었다.

"이 말, 진심일까요? 아니면 겁이 나서 그런 척하는 걸까요?"

그 질문 하나에 나는 그 대사를 지우고 "나는, 그런 사랑은 못 해. 내 쪽에서 끝낼게"라고 고쳐 썼다. 대사 길이는 짧아졌지만 감정은 더 정확해졌다.

드라마는 대본 위에 세워진 세계이지만, 그 세계에 숨을 불어넣는 건 결국 사람의 호흡이다. 캐릭터가 한 발짝 다가가면 배우도 그 결을 따라 움직이고, 둘이 나란히 걷기 시작할 때 이야기는 생명을 얻는다.

술자리에서 주고받은 말 몇 마디가 인물을 바꾸고, 장면을 바꾸고, 작가 자신을 바꾼다.

그런 밤이면 나는 그 이야기를 처음 떠올렸던 순간으로 돌아간다. 그때처럼 가슴 한쪽이 다시 뜨겁게 일렁인다. 그리고 내 안의 매듭을 다시 조인다.

"이 '사람'들의 삶을 제대로 담아내야 한다."

오늘도 도망중입니다

새벽부터 컴퓨터 앞에 앉아 있었다. 자판은 멀쩡했고 커서는 깜빡이고 있었다. 가느다란 선에서 점점 부풀어올라 내 창을 완전히 장악한 햇살이 나를 빤히 바라봤다. '뭐 하고 있어?' 세상의 모든 살아 있는 것들이 제 역할을 시작했다. 그런데 나만 멈춰 있었다. 새벽이 아침이 되고 오전이 아주 우아하게 망가질 때까지, 글은 단 한 줄도 나오지 않았다.

와글와글 시끄러운 머리를 털며 집을 뛰쳐나갔다. 정처 없이 걷다가 영화관에 들어갔다. 무슨 영화인지도 모르고 시간 맞춰 들어간 상영관. 스크린이 밝아지자 나는 현실의 볼륨을 줄이고 감정의 명도만 올렸다.

영화 속 주인공은 지쳐 있었다. 애써 괜찮은 척하며 버티다가 주저앉았다. 그 장면에서 이상하게 숨이 막혔다. 나도 모르게 목을 만지작거리며 자세를 고쳐 앉았다. 나였다. 말없이 버티는 중인 나였다. 엔딩크레디트가 올라갈 때 나는 조용히 눈물을 닦았다. 아무도 몰랐다. 그 조그만 극장에서 한 사람이 작게 부서지고 조금은 다시 살아났다는 것을.

영화가 끝나고 밖으로 나오니 세상은 뭔가 달라져 있었다. 집에 돌아와 텅 빈 대본 창 앞에 다시 앉았다. 깜빡거리는 커서가 '빨리 써, 빨리 써' 하는 뾰족한 독촉 같았었는데, 이제는 '괜찮아, 괜찮아' 하는 부드러운 응원 같았다.

집을 구할 땐 다들 자신만의 '세권 철학'이 있다. 역세권은 기본, 팍세권(근처에 공원이 있는 집), 슬세권(슬리퍼만 신고 편하게 편의점, 마트, 카페 등 편의시설에 갈 수 있는 집), 요즘은 스세권('스타벅스'가 가까운 집), 맥세권('맥도날드'가 가까운 집)에 이어 이제는 회세권(횟집이 가까운 집), 떡세권(떡볶이 맛집이 가까운 집), 심지어 댕세권(동네에 반려견 놀이터가 있는 집)까지 등장했다. 하지만 나에겐 도보 십 분 이내의 극세권(극장과 가까운 집)이 중요하다.
아니, 중요해졌다.

영화를 보기 위해 먼길 달려가야 하는 곳에 살아보니 기준
이 더 명확해졌다. 이사를 앞두고 매물을 볼 때 부동산중개사가
평수나 채광, 구조를 열심히 설명하면 나는 한마디 건넨다. "이
근처에 상영관은 있나요?"

중개사가 고개를 끄덕이면, 그 순간 책상이 일터인 내게 그
집은 언제든 영화관으로 뛰어갈 수 있는 '현실 탈출구'가 될 자
격을 갖춘다.

극장이 가까우면 좋은 점이 많다. 혼란스러운 마음을 추스르
기 위해 모자를 눌러쓰고 아무 신발이나 꿰어 차고 집을 나설
수 있다. 하지만 아무리 급해도 가방에 펜과 수첩은 꼭 챙긴다.

수첩을 챙기기 시작한 것은 그때부터였다. 그날도 심신수양
겸 도피 목적으로 영화관에 갔다. '햇살 말고 조명이나 쬐다 오
자.' 그런데 사십칠 분쯤 지나던 무렵. '아니, 잠깐 저 대사 뭐
야?' 심장이 쿵. 눈이 번쩍. 내가 대본을 쓴 것도 아닌데 마치
내 캐릭터가 거기 있는 것 같았다.

나는 내 안의 회의록을 긴급소집했다. 지금 이 감정, 어딘가에 써야 돼. 이거 안 쓰면 날아가. 빨리 메모장 가져와. 아니, 손바닥에라도 써! 하지만 영화는 상영중이었고 극장 조명은 꺼져 있었으며 펜은 어디에다 뒀는지 모르겠고 휴대폰 메모장은 백라이트가 너무 밝았다.

결국 영화가 끝나자마자 엔딩크레디트도 쿠키 영상도 패스하고 벌떡 일어나 100미터 달리기 선수처럼 뛰어나왔다. 길거리에서 숨을 몰아쉬며 혼잣말을 했다. "제발 아직 안 날아갔기를."

집에 도착하자마자 컴퓨터를 켜고 안 풀리던 장면을 써내려갔다. 영화가 아니었으면 오늘도 빈칸이었을 창. 마음 깊이 감사 인사를 건넸다.

그후로 나는 볼펜과 수첩을 꼭 챙겨간다. 그리고 프레임 하나도 놓치지 않을 듯 매 장면을 추적하고 감정을 스캔하고 의미를 해부하려 드는 관객이 된다. 어두운 극장에서 '오, 이 장면!' 싶을 때 빛 한 줄기 없이 글씨를 휘갈긴다.

메모에서 종종 문제가 생기는 때는 상영이 끝난 후다. 불이 켜지고 수첩을 펼치는 순간 이건 암호인가, 작가의 절규인가. 글자들은 겹쳐 있고 어떤 건 사선으로 날아가 있고, 가끔은 나도 왜 썼는지 모르겠는 미스터리 단서가 발견된다.

창문 / 물방울 / 뛰었다?

그런데 신기한 것은 그 난장판 메모라도 보면 희미했던 장면이 다시 떠오른다는 것이다. 그 대사, 그 표정, 그 조명, 심지어 그 순간의 내 심장박동까지 살아난다. 그러니까 내 메모는, 다른 사람은 해독 불가한 나만의 요약서이자 감정의 블랙박스다. 영화는 눈으로 보고, 기억은 마음으로 찍고, 수첩엔 감정을 남긴다.

나는 영화를 단순히 보는 사람이 아니라 오감을 풀 장착하고 장면들 사이를 천천히 산책하는 사람에 가깝다. 저 요리는 어떤 맛일까. 그 맛이 화면을 뚫고 나와 내 혀끝에 스며드는 느낌이다. 주인공이 툭 걸친 셔츠 한 장, 재킷 하나에도 마음이 스친다. 노란 가로등 아래 혼자 걷는 뒷모습을 보면 나도 저 골목을 걷고 싶어진다. 그 장면의 공기는 몇 도일까, 가게 앞 나무는 어떤 냄새를 풍길까. 머릿속에서 그 도시의 풍경이 피어난다.
영화 속 음악은 늘 정확한 순간에 도착한다. 어떤 음악은 슬픔을 아주 천천히 데려온다. 말없이 문을 열고 들어와 마음을 가만히 쓰다듬다가 시간차를 두고 눈시울을 적신다. 또 어떤 음악은 한 음 한 음 날카로운 침처럼 감정의 얕은 층을 뚫고 내려가 가장 연한 곳에 닿는다. 잊고 있던 마음의 조각들이 서서히 울음을 배우기 시작한다. 나는 귀를 기울인다. 음과 음 사이, 숨처럼 흐르는 틈에서 말없이 전해지는 표정을 읽는다. 그 여백 속에서 슬픔도 위로도 아닌 진짜 감정 하나를 붙든다.

영화를 볼 때 내 모든 감각은 조용히 깨어난다. 시각, 청각, 촉각, 정서, 온기…… 내 안의 모든 더듬이를 바짝 세워 그 영화가 내게 건네는 것을 놓치지 않으려 애쓴다. 그래서 영화가 끝나면 나는 단지 관람을 마친 사람이 아니라 어느 도시, 어느 감정, 어느 생의 한복판을 한동안 살다 돌아온 사람이 된다.

스크린이 모든 걸 설명하지 않아도 괜찮다. 완벽한 이야기일 필요도 없다. 나에게 필요한 것은 고단한 마음을 잠시 눕힐 수 있는 어둠, 말 대신 흘러나오는 빛, 그리고 나를 잔잔히 통과해 지나가는 여운이다.

어둠 속에 조용히 몸을 묻으면 나는 내 안의 오래된 빈칸을 다시 들여다보게 된다. 그러면 책상 앞에서는 한 줄도 꺼내지 못했던 말들이 스크린 앞에서는 고개를 든다. 이 장면의 침묵, 이 대사의 멈춤, 이 얼굴의 떨림. 단어도 없이 나는 다시 언어를 배운다.

생각해보면 글을 쓴다는 것은 언제나 텅 빈 마음을 견디는 일이었다. 한 줄도 나오지 않는 하얀 종이 앞에서 낯선 세계가 내게 스며들기를 기다리는 일이었다.

나는 스크린 앞에서 한때 무심히 흘려보냈던 장면들을 다시 줍는다. 오래전 어딘가에서 숨쉬던 이야기들이 스크린을 거쳐 나를 지나 다시 내 안으로 돌아온다. 내가 잠시 멈춰 선 동안에도 이야기는 흘렀고, 나는 그 흐름 속에서 불현듯 생각한다.

'나는 아직도 쓰고 싶구나. 다시, 나를 쓰고 싶구나.'

영화는 늘 나보다 먼저 도착해 있는 또 하나의 장면이다. 그래서 내 안이 고갈되었다고 생각하면 나는 영화관으로 간다. 다시 시작할 용기를 찾기 위해서.

작가로 쓰고 엄마로 살다

이제는 다 자란 아들을 올려다보며 그 시절 작고 여렸던 아들을 떠올린다. 어릴 때 아들은 '매미'라는 별명을 갖고 있었다. 엄마 등에 찰싹 달라붙어 온 세상을 다 살아내던 작은 매미. 가끔은 문득 그 따뜻했던 무게가 그리워진다.

아이가 어린 시절에 나는 참 바삐 살았다. 낮에는 고등학교 교사로 학생들과 씨름하고, 퇴근하면 원고와 눈싸움을 벌이다가 옆에서 자는 아이의 숨결에 마음이 젖곤 했다. 시어머니와 고모님이 함께 아이를 돌봐주셨지만 아이의 마음은 언제나 단 한 사람을 향해 있었다. "엄마 아니면 안 돼."

어린 마음은 본능처럼 안다. 세상을 처음 만나게 해준 그 품, 울음을 막아주던 체온, 잠든 밤마다 손끝으로 자기를 확인하던 그 존재. 돌봄은 나눌 수 있어도 엄마의 존재는 대체되지 않았다. 아이는 내 품에 안기면 좀처럼 떨어질 줄을 몰랐고, 나는 아이를 내 몸에 붙인 채 빨래를 널고, 청소기를 밀고, 손님을 맞고, 학습지도안을 짜고, 원고를 썼다. 두 팔은 뻐근하고 등허리는 무거웠지만 내 품 안에 가장 따뜻하고 분주한 우주 하나가 있었다.

생각해보면 나는 두 손이 아니라 두 개의 마음으로 살았다. 하나는 일에 내어주고, 다른 하나는 아이에게 단단히 묶어두었다. 하나는 대사를 쓰며 인물의 감정에 따라 울었고, 또다른 하나에는 아이의 웃음이 차올랐다. 그렇게 내 글과 삶은 기저귀 냄새와 원고 마감 사이에서 꽤 괜찮은 팀워크를 이뤄냈다.

그러던 어느 날, 다섯 살 아이를 두고 학교에 출근해야 했던 아침이었다. 늘 그렇듯 고모님이 오셔야 내가 학교에 갈 수 있는데, 아무리 기다려도 기척이 없었다. 조급한 마음에 베란다로 나가 아래를 내려다봤다. 그런데 고모님이 아파트 화단에 쪼그려앉아 계신 게 아닌가. 내가 설거지하느라 초인종 소리를 못 들은 사이, 아들이 현관으로 달려가 문을 찰칵 잠가버렸다. 그리고 절대, 열어주지, 않았단다. 고모님이 들어서면 엄마가 사라진다는 걸 알고, 아이는 굳건히 현관문을 막아섰던 것이다.

엄마가 얼마나 절실히 필요했으면 그 조그만 손으로 현관문을 잠그고 문고리를 양손으로 꾹 눌러 안간힘을 썼을까. 엄마를 곁에 두겠다고 온 힘으로 버틴 그 작은 가슴이 애틋했고 미안했고 아팠다. 선생님 모드와 엄마 모드와 작가 모드를 번갈아 로그인하는 멀티 계정 인생은 더이상 무리라는 것을 그날 절감했다.

그후 TV드라마 제안이 왔고, 깊은 고민 끝에 전업 작가로 전직했다. '한 아이의 전담 안아주기 요원' 겸 '글 노동자'로 살아가게 된 것이다. 그런데 출근은 하지 않게 되었지만, 대신 집 안으로 마감이 들어왔다. 나는 또다시 일에 쫓기는 사람이 되었다. 밤이면 대본을 붙들고 새벽이면 기획안과 씨름했다. 눈은 충혈되고 손목에는 파스 냄새가 가시지 않았고 늘 비몽사몽한 얼굴로 아들을 맞았다.

전업 작가로 살면 아들과 눈 맞추며 천천히 밥도 같이 먹고, 같이 놀아주고, 같이 산책도 하고, 간식도 나눠 먹을 줄 알았다.

하지만 현실은 달랐다. 회사 대신 마감에 쫓기는 신종 워킹맘이 되어 있었다. 아들과 마주앉은 시간보다 모니터와 눈 맞추는 시간이 더 많았다. 학교를 그만뒀지만 일은 여전히 내 등을 타고 올라와 있었다. 퇴근은 없어졌는데 삶은 더 치열해졌다.

그땐 몰랐다. '진짜 퇴근'이라는 건 직장을 나서는 순간이 아니라는 것을. 진짜 퇴근은 내 마음의 방향을 하루치 일에서 하루치 사랑으로 돌리는 일, 아이의 눈동자 속으로 나의 오늘을 귀환시키는 일이었다. 몸은 집에 있어도 마음이 아직 일을 붙잡고 있다면 그건 퇴근이 아니라 연장근무였다.

여느 때처럼 진정한 퇴근은 꿈도 못 꾼 채 마감과 한판 붙고 있었다. 그 당시, 나는 TV소설 〈너와 나의 노래〉와 〈약속〉을 연달아 쓰고 있었다. 일일드라마를 토요일까지 하던 시기라 일주일에 대본 여섯 편을 써야 했으니 눈곱 뗄 틈도 없이 살았다. 침대에 누워 자본 적 없고, 식탁에 앉아 밥 먹는 건 사치였다. 책상에서 대충 끼니를 때우고 쪽잠도 해결하며 밤낮없이 책상에 엎드려 지냈다. 그러던 어느 날, 초등학교 1학년이었던 아이의 담임 선생님에게서 전화가 걸려왔다. "잠깐 뵐까요?"

학교로 가니 선생님이 나에게 그림 한 장을 내밀었다. 그림 속에는 컴퓨터 앞에 앉은 마귀할멈이 있었다. 충혈된 눈, 일자로 굳은 입, 자판 위로 튀어나온 자음들, ㄱ, ㅂ, ㅎ…… 꽤 잘 그린 그림이었다.

"우리 아이가 그림에 재능이 있죠?"

우쭐해지려는데 선생님은 말없이 그림을 뒤집었다. 뒷장에 쓰인 제목. '우리 엄마'. 눈 붉은 마귀할멈이 바로 나였다!

그 순간 머릿속에 플래시백처럼 스쳐가는 장면들. 아이가 "엄마" 부르면 "나가", 아이가 "놀아줘" 하면 대답 대신 바삐 자판을 두드렸다. 발등에 떨어진 불을 끄느라 아이의 마음을 돌아보지 못했다. 아이는 엄마의 등을 보며 얼마나 외로웠을까.

어떻게 학교를 나왔는지도 모르겠다. 벤치에 무너져 앉아 생각하고 또 생각했다. 진짜 중요한 건 무엇인가. 내가 아니면 안 되는 건 무엇인가. 드라마는 내가 아니어도 누군가 쓴다. 내 자리엔 언제든 다른 사람이 앉을 수 있다. 하지만 내 아이의 엄마 자리는 세상에 하나뿐인, 오직 나만의 자리였다. 나는 그 유일한 자리를 비워두고 있었다. 아이는 그 자리에 매일 찾아왔고, 나는 그 자리에 매일 없었다. 그토록 나를 원하는 아이를 제쳐

두고 늘 컴퓨터 앞에 앉아 있었다. 마감에 쫓겨 자판을 두드리던 그 시간 동안 등 뒤에서 아이는 얼마나 오래 혼자였을까.

나는 일어나 집까지 달렸다. 현관문을 열고 숨을 몰아쉬며 아이를 향해 외쳤다. "놀~자!" 그 짧은 한마디에 아이의 얼굴이 환해졌다. 말로 다 하지 않아도 알 수 있었다. 오래 기다려온 사람을 드디어 마주한 얼굴이었다.

드라마보다 더 중요한 이야기, 내가 꼭 써야 할 장면은 화려한 클라이맥스나 반전 엔딩이 아니라 매일 아들과 눈 맞추며 써 내려가는 소소한 웃음, 어설픈 대사, 약간의 잔소리, 그리고 간식 냄새 나는 하루였다. 인생 최고의 대본은 컴퓨터 앞이 아니라 내 아이 옆에서 쓰는 것이었다.

일하는 엄마들에게는 일과 육아 사이에서 마음이 갈라지는 날이 종종 찾아온다. 이 일을 계속해야 할까 아니면 아이 곁에 있어야 할까. 그 질문 앞에서 자주 멈춰 선다. 정답은 확실하지 않고, 마음은 늘 흔들린다. 나는 운좋게도 비교적 자유로운 직업을 가졌기에 아이의 손을 붙잡는 쪽을 선택할 수 있었다. 그러나 모든 부모가 그럴 수 있는 것은 아니다. 생계를 위해 혹은 각자의 이유로 아이 곁을 지키지 못하는 순간이 생긴다.

그럴 때면 더 자주, 더 분명하게 아이에게 말해야 한다. "너는 나에게 가장 소중한 존재야"라고. 말 한마디, 눈빛 한 번, 가방 속에 몰래 넣어둔 메모 한 장. 그 모든 표현들이 아이가 세상을 버틸 수 있게 해주는 보이지 않는 방패가 된다. 한 아이가 세상과 마주설 수 있는 강력한 용기가 된다.

나의 프로필에는 빈칸으로 남겨진 십 년의 시간이 있다. 누군가는 그 시간을 경력단절이라 부를지 모른다. 하지만 나에게는 한 사람의 삶에 깊숙이 스며든 밀도 높고 아름다운 동행의 시간이었다. 아이의 웃음과 눈물, 작은 질문과 커지는 발걸음 그 사이에서 나는 곁을 지켰고 내 시간을 기꺼이 내어주었다.

그사이 드라마 세계는 숨가쁘게 변하고 나는 그 화려한 흐름의 뒤편으로 밀려났다. 이름 앞에 붙던 수식어들이 희미해지고 나를 불러주는 곳이 없어져갔지만, 그 선택을 단 한 번도 후회해본 적이 없다.

그 시간 동안 나는 내가 있어야 할 자리에 머물렀고, 내가 줄 수 있는 마음을 가장 깊고 가장 정직한 방식으로 건넸다. 경력에는 분명 공백이 생겼지만, 내 삶은 단 한 순간도 텅 비어 있지 않았다.

아이가 소리 없이 피워낸 사랑과 묵묵히 건넨 기다림. 그 장면들이야말로 내 삶에서 가장 아름다운 순간들이었다. 조명은 받지 않았지만, 세상이 알아채지 못한 숨은 명장면이고 감동적인 B컷이었다.

끝없이 간직하고픈 시간은 아주 평범한 시간이다.

너무나 일상적이어서

행복하다는 느낌조차 없는 시간이다.

- 〈슬플 때 사랑한다〉에서

2부

사랑도 지금. 고백도 지금.

지금 해야 한다.

준비도 없이 이별이 닥치기 전에.

– 〈결혼하자 맹꽁아!〉에서

무모했지만 눈부셨던 시작

부산의 고등학교에서 교사생활을 하던 어느 날이었다. 수업이 비는 시간, 교무실에서 동료 선생님들과 잡담을 나누고 있는데 신문 한 장이 불쑥 눈에 들어왔다. 한 면 가득 전면광고에 커다랗게 박힌 이름, 『그래, 가끔 하늘을 보자』 작가 이름에 당당히 적힌 글자는 '송정연', 우리 언니였다. 순간 정신이 번쩍 들었다.

학교 다닐 때 우리 자매는 글짓기 상을 같이 휩쓸곤 했다. 딱 한 번 빼고는 순위는 일정했다. 내가 언니보다 살짝 위. 속으로 늘 생각했다. '흠…… 글은 내가 좀더 잘 쓰는 것 같은데?' 바로 그 '흠……'이 내 인생을 이끌었다. 아주 유치하고도 사소한 이유로 내 안에 깊이 묻어둔 '작가병'이 도져버린 것이다.

그날 이후 퇴근하면 곧바로 독서실로 직행했고 수험생처럼 칸막이 안에 틀어박혀 기어코 소설 한 권을 썼다. 펜을 쥐었던 가운뎃손가락이 짓무르고 나중엔 기형처럼 휘어지기까지 했지만 괜찮았다. 오히려 뿌듯해서 '작가 손가락'이라고 이름 붙여주었다.

원고 뭉치를 싸 들고 부산 시내에 위치한 출판사를 무작정 찾아갔다. 제출 절차나 출판 문의 같은 건 전혀 몰랐고 그냥 "책 썼습니다!" 하며 들이댔다. 그렇게 세상에 나온 내 첫 소설이 『늘푸른 학원의 출사표』다.

책이 나오던 날 오후, 하늘은 유난히 청명했다. 나는 갓 태어난 책 한 권을 품에 안고 아이처럼 골목길을 달렸다. 세상 전부를 얻은 사람처럼 숨이 차오를 때까지 뛰었다. 벅찼다. 내 안의 어딘가에서 조용히 '됐다'라는 목소리가 들려왔다. 물론 언니의 책처럼 전국 서점에 화려하게 깔리진 못했다. 반짝이진 못했지만 나는 '소설가'라는 작은 문패를 기어이 내 손으로 달아냈다.

그후 어느 날, 평소처럼 수업을 마치고 차를 몰고 집에 가는데 라디오에서 〈청소년 극장〉이라는 드라마가 흘러나왔다. 〈행복은 성적순이 아니잖아요〉 같은 청소년물이 소설로, 영화로 많이 쏟아지던 때였다. 라디오 속 주인공이 울고 있었다. 그런데 이상하게도 그 울음은 바로 옆자리에서 들려오는 것처럼 생생했다. 교사였던 나는 누구보다 교실의 공기를 잘 알았다. 아이들의 가슴 깊은 고민들, 교무실에서 벌어지는 희로애락까지, 내가 쓰면 훨씬 더 생생하게 풀어낼 수 있겠다는 확신이 들었다.

순간 내 안에 화르륵 불이 붙었다. 글을 쓰는 사람만이 아는, 그 설명할 수 없는 점화의 순간. "어? 이거 나도 잘 쓸 수 있을 것 같은데?" 이번에는 소설이 아니라 드라마였다.

문제는 내가 대본 형식을 전혀 몰랐다는 것이다. 지금처럼 인터넷 검색창에 '드라마 대본 샘플'을 치면 주르륵 나오는 세상이 아니었다. 대본집 같은 건 나오지도 않았고 어디서 다운받을 수도 없었다. 도서관을 샅샅이 뒤졌지만 드라마 대본은 그림자도 없었다. 발품을 팔아 온갖 서점이며 중고서점까지 헤맸지만, 돌아오는 건 먼지와 주인아저씨의 시큰둥한 한마디. "그런 건 우리도 못 구해요."

하지만 멈추고 싶지 않았다. 대본 형식이야 모르겠으면 그냥 만들면 되는 거 아닌가? 무대도 없고 조명도 없고 오직 내 머릿속에 배우들만 덜렁 세워놓고 드라마를 쓰기 시작했다. 정해진 틀 따윈 없었다. 중요한 건, 내 안에서 '지금 나 좀 꺼내달라'며 꿈틀대는 이야기의 결, 그거 하나였다.

〈청소년 극장〉은 일일드라마로 이십 분 분량이었다. 달마다 이야기가 달라지는 구성이었는데, 나는 우선 한 달분의 이야기를 구상했다. 그리고 무작정 쓰기 시작했다. 이십 분이 원고지로 몇 매 분량인지 감이 안 왔다. 그래서 나는 아주 원초적인 방법을 택했다. 스톱워치를 켜놓고 혼자서 대사를 소리 내 읽었다. 아이 목소리도 냈다가 엄마 목소리도 냈다가 혼자 1인 다역 라디오드라마를 연기하며 분량을 가늠했다.

그렇게 한 달 치 분량을 다 써내고 보니 작가 손가락에는 굳은살이 더 단단히 박혔고 어깨는 낡은 제본기처럼 삐걱거렸다. 하지만 속으로 또 한번 외쳤다. '해냈다!' 원고지 위에 쌓아올린 시간들이 깃발처럼 펄럭였다.

하루 분량마다 끈으로 묶고 한 달 치 원고를 보자기에 단단히 쌌다. 평일에 서울에 올라가려면 수업이 가장 적은 요일을 골라야 했다. 첫 1교시와 마지막 6교시 수업만 있는 목요일, 원고 보따리를 안고 무작정 비행기에 몸을 실었다. 공항에서 택시를 타고 여의도 KBS로 갔고 1층 로비에서 작가실로 전화를 걸었다. 그 무렵 언니는 잡지사 기자 일을 접고 라디오작가로 활동하고 있었다. 부산에서 수업하고 있을 동생이 전화를 걸자 언니가 반갑게 받았다.

"내 동생, 무슨 일이야?"

"나 지금 방송국 1층인데, 잠깐 내려와봐."

오 초간의 정적. 그후 수화기에서 터진 탄성. "뭐?"

언니는 작가실을 박차고 내려왔고 로비에 서 있는 나를 보자 눈이 동ㄴ래셨다. 나는 원고 보따리를 내밀며 말했다.

"이거 〈청소년 극장〉 PD님한테 전해줘."

"〈청소년 극장〉 PD님? 누군데?"

"나도 몰라. 아무튼 꼭 전해줘. 나 빨리 다시 부산 가서 수업해야 돼."

언니는 꿈을 꾸고 있는 건가 싶은 얼굴로 나를 바라봤다. 먼 훗날, 언니는 그때를 이렇게 말했다.

"도깨비가 다녀간 줄 알았어."

언니에게 원고 보따리를 던지다시피 맡기고는 나는 다시 미친 듯이 뛰었다. 택시에 몸을 던지듯 실어 공항으로 전력질주. 비행기를 타고 부산으로 돌아오자마자 또다시 택시를 잡아타고 학교로 직행. 그리고 6교시 수업에 들어갔다. 그날 하루 동안 '작가 지망생, 항공 승객, 언니 놀래키는 도깨비, 교사' 네 개의 정체성을 한꺼번에 살아낸 셈이었다.

며칠 후면 언니는 유학 가는 형부를 따라 독일로 떠날 예정이었다. 동생 부탁을 안 들어주면 평생 원망을 들을 것 같아서 언니는 결국 〈청소년 극장〉 PD님을 찾아갔다고 했다. 하지만 PD님은 부재중. 언니는 하는 수 없이 책상에 내 원고 보따리를 올려두고 연락처 메모만 남긴 채 독일행 비행기에 올랐다. 떠나기 전에 언니가 전화로 말했다. "난 너 하라는 대로 했어." 한 박자 쉬고 덧붙였다. "근데…… 너 진짜 미쳤니?"

드라마가 장난이냐며 어떻게 그걸 써서 보따리 들고 와 맡기냐고, 그렇게 무모한 애였냐고 그런 말들을 했던 것 같다. 언니 눈엔 동생의 도전이 얼마나 무모하게 느껴졌을까. 이뤄지지 않을 도전이라고 생각하니 응원보다 걱정이 앞섰을 것이다.

며칠 뒤, 교무실의 전화가 울렸다. "송정림 쌤! 전화 받으이소!" 동료 선생님이 건넨 수화기를 들었다. "송정림 씨, 원고 잘 봤습니다. 재밌네요. 같이 일해봅시다." KBS 〈청소년 극장〉의 이기재 PD님이었다. 순간 심장이 교무실 책상 아래로 떨어진 줄 알았다.

스토리의 시작은 언제나 그렇다. 조금 엉뚱하고 많이 엉성하고 대체로 예상 밖이다. 나도 그랬다. 보따리를 품고 뛰었던 그날, 도깨비짓 같았던 그 하루가 결국 내 작가 인생의 서막이 되었다. 형식도 몰랐고 분량도 몰랐고 무모하기 짝이 없었지만 나는 '이야기' 하나만 믿었다. 그 믿음이 드라마작가로서의 첫 문을 열었다.

이기재 PD님은 이후 대본 샘플을 보내주셨고 나는 그 형식을 익혀가며 처음으로 진짜 드라마 대본을 써내려가기 시작했다. 그 시절 〈청소년 극장〉은 한 달에 한 편씩 하나의 시리즈를 완결하는 방식이었다. 나는 다른 작가와 번갈아가며 한 달에 한 편씩 교대로 집필을 맡게 됐다.

그때부터 나의 본격적인 이중생활이 시작됐다. 낮에는 교단에 서서 학생들과 마주했고, 퇴근하면 원고지 속에서 드라마 인물들과 마주했다. 아침이 되면 교사가 되어 학교로 출근했고, 저녁이 되면 작가가 되어 독서실로 출근했다. 그렇게 나는 하루를 두 번 살아가는 사람이 되었다.

퇴근 후 독서실로 향하는 길, 도시의 불빛은 저마다의 꿈을 품고 반짝였고 나는 그 불빛 사이 어딘가에 조용히 섞여들었다. 때로는 문득 '내가 왜 이러고 있지?' 싶은 새벽도 있었고, 졸다가 쓴 대사에 스스로 놀라 벌떡 깬 적도 있었다.

그렇게 몇 해를 하루의 끝마다 다시 불을 켜고 써내려갔다. 낮에는 세상에 맞춰 살아가고, 밤이 되면 비로소 내 호흡대로 숨을 쉬었다. 하루의 끝에서 쓰는 글들은 조금 더 솔직했고 조금 더 깊었고, 무엇보다 조금 더 '나'였다.

그후 수년 동안 〈청소년 극장〉의 많은 이야기들이 내 손끝에서 피어났다. 봄이 오고 여름이 가고 가을이 오고 겨울이 가듯이 나의 이야기들도 조용히 흘러갔다. 그동안 내가 쓴 수많은 이야기들의 제목들조차 기억의 가장자리에서 스르륵 희미해졌다. 하지만 매일 밤 원고지에 마음을 새기던 순간들, 대사 하나하나에 하루의 숨결을 눌러 담던 마음, 그때 그 절실함은 아직 내 심장 깊은 곳에 생생히 살아 있다.

지금도 지치고 힘들 때면 나는 오른손을 심장 쪽에 대고 그 시간을 불러들인다. 모든 것이 낯설고 형식도 모르던 그 시절, 피곤한 몸을 이끌고 독서실에 앉아 손끝으로 마음을 옮기던 밤들, 희미한 스탠드 불빛 아래 스스로를 밀어올리던 그 간절함. 그때의 나는 나를 믿고 있었다.

이 길이 정답은 아닐지도 모른다. 하지만 분명한 것은 이 방향은 누군가 정해준 루트가 아니라 내가 직접 고른 좌표라는 사실이다. 흔들리면서도 나아가고 있다는 자각, 그걸로 충분했다. 길은 낯설었지만 방향만큼은 분명했다.

산다는 건 결국 뛰어드는 일이다. 완벽한 항로를 그리지 못해도 내 안의 작은 배를 망설임 없이 출항시키는 것. 나의 깊은 곳에서 미세하게 떨리는 단 하나의 진심을 따라 돛을 올리는 것. 두려움보다 반 발짝 빠른 설렘을 믿고, 멈춰 있는 평온보다는 두렵더라도 앞으로 가는 쪽을 선택하는 것. 그것이 어쩌면 삶 앞에서 우리가 할 수 있는 가장 순도 높은 고백이 아닐까.

나는 내 안의 물결에 슬그머니 응답했다. 어떤 파도가 기다리고 있을지는 알 수 없었지만 일단 가보기로 했다. 파도가 잔잔하길 바라면서.

솔직히 말하면 구명조끼 챙길 겨를도 없었다. 그래도 괜찮았다. 물 좀 맞으면 좀 어떤가. 젖으면 말리면 되는 거겠지.

삶이란, 젖지 않으려 발버둥치는 일이 아니라 젖은 채로도 끝내 건너가는 법을 익혀가는 여정인지도 모른다.

걷고 있지만 사실 멍때리는 중입니다

글이 안 풀릴 땐 종종 산책을 나간다. 집 앞 공원으로 향하면 어김없이 나타나는, 시간표보다 정확한 분들이 있다. 그분들은 놀랍도록 성실하시다. 비가 오면 우비를 꺼내 입고 미세먼지 농도가 매우 나쁨이면 KF94 마스크를 장착하고 나타나신다.

어느 날은 번개주의보가 떴길래 '오늘은 안 나오시겠지' 했는데, 번개를 맞지 않기 위해 나무 아래만 피해 다니시는 모습에 그저 감탄했다. 그분들에게 날씨란 감상 대상도 아니고 핑곗거리도 아니고 그저 옷차림 조정용 참고사항일 뿐이다. 그분들은 환한 미소로 한 바퀴, 두 바퀴, 여섯 바퀴까지도 거뜬히 도신다.

나는 벤치에 앉아 숨 고르며 '인간의 한계는 어디까지인가' 묵상중인데, 그분들은 걷는 도중에 오히려 혈색이 좋아진다. 나는 속으로 중얼거린다. '저분들, 뭔가 좋은 걸 드셨다. 분명하다.'

공원은 걷는 곳이지만 사실 말이 흐르는 곳이다. 동네 뉴스가 쏟아진다.

"그 집 며느리 애긴 들었어요?" "그래서 그랬대?" "그 애기를 왜 이제 해!"

걷는 속도에 따라 이야기의 장르도 달라진다. 속보형 뉴스냐 누아르 회고록이냐. 걷는 만큼 풀리고 말하는 만큼 가벼워진다.

나는 공원의 수다가 좋다. 겉보기엔 그냥 수다인데 자세히 들어보면 웃음, 헛기침, 숨소리, 대화가 오묘하게 뒤섞인 생활밀착형 철학 토론장이다. "그랬구나"는 공감의 철학이고, "세상에"는 감정이입의 예술이며, "그 집 며느리가 말이야"는 흥미로운 서사의 도입부다. 대화 사이사이 불쑥 튀어나오는 인생의 문장들. 아무렇지 않게 흘린 말인데 이상하게 오래 맴돈다.

그날은 멀찍이 그분들을 따라 걸었다. 그분들의 대화는 끊임없이 이어졌다. 그 속에 웃음도, 한숨도, 오래된 이야기들도 스며 있었다.

"내가 원래 쌍둥이였어. 그런데 엄마가 우리를 낳다가 한 명이 죽었지 뭐야."

"자기 동생 있잖아."

"사실 입양한 거야."

그 말이 바람 타고 내 가슴 한가운데로 들어왔다. 나는 휴대폰 메모장에 그 대화를 적었고 집에 돌아오자마자 이야기를 써 내려갔다. 그렇게 태어난 드라마가 〈태풍의 신부〉다.

놀랍게도 이 드라마는 멕시코에서 리메이크 판권을 구매해 갔다. 궁금해진다. 남미의 뜨거운 태양 아래, 과연 어떤 배우들이 '바람(여주인공)'이와 '태풍(남주인공)'이가 되어 울고 웃게 될까. 공원 벤치에서 우연히 피어난 이야기가 지구 반대편 누군가의 심장에도 닿는다는 사실은 정말 가슴이 두근거리는 일이다.

공원의 한 귀퉁이 수다에서 단단한 이야기의 씨앗이 움튼다. 누군가 툭 던진 농담 한마디, 하소연 한마디가 작가에겐 이야기의 첫 단추가 된다.

공원에 혼자 가면 걷는 것도 좋지만 벤치에 앉아 있기가 진짜 핵심 코스다. 슬로모션으로 흐르는 시간 속에 '세상 관찰 모드'를 켠다. '어, 저분 오늘도 바나나 조끼 착장 완료.' '오늘은 강아지가 주인을 산책시키네.' '수다 삼총사, 오늘은 한 분 결원이네. 무슨 일 있으셨나?' 아무도 나에게 말을 걸지 않는데도 나는 누구보다 많은 이야기를 듣는다. 사람들의 걸음걸이와 표정만으로 머릿속에서는 드라마가 이미 세 편째 돌아가고 있다. '저 여자는 왜 혼자 걷고 있을까?' '저 두 사람, 말없이 걷는 걸 보니 부부다, 100퍼센트. 아니면 전 연인? 재회 후 침묵 모드?' 작가는 상상으로 밥 먹는 직업이라지만 공원 벤치에 앉아 있으면 상상력이 탄수화물처럼 불어난다. 오늘도 대사는 한 줄도 안 썼지만 머릿속에 시놉시스는 잔뜩 쌓였다.

벤치에서는 종종 철학자 모드가 켜진다. 별다른 이유는 없다. 그저 햇살이 적당하고, 바람이 옷자락을 건드리고, 지나가는 사람들의 걸음이 리듬을 타기 시작하면 문득 이런 생각이 든다. 삶이란 벤치 같은 것 아닐까. 인생도 관계도 가끔은 그냥 잠깐 멈춰서 지켜볼 필요가 있는 것 아닐까. 조급하게 따라가려 하지 말고 무작정 뛰어들기 전에 한 걸음 물러서서 바라보고 한숨 돌리며 생각하고 천천히 숨을 고르자는 다짐도 스쳐간다.

멈춰 있을 때 세상은 오히려 더 또렷하게 보인다. 아무것도 하지 않고 그저 앉아 있는 것도 내게는 나름의 비활동형 산책이다. 일어나야지 하다가도 '조금만 더 앉아 있자, 철학 아직 덜 끝났어' 하며 철학에 취한 척, 조금 더 머문다.

사실은 그냥 멈춰 있는 이 시간이 좋아서. 스치는 사람들이 마냥 다정해서.

등장인물과 친해지기

〈결혼하자 맹꽁아!〉의 주인공 이름은 '맹공희'다. 처음부터 그 이름은 아니었다. 지어둔 이름이 어쩐지 입에 잘 붙지 않아서 고민중이던 어느 밤, 꿈에 들판이 나왔고 맹꽁이가 아주 세차게 울었다. '맹╱꽁╲맹╱꽁╲' 이게 무슨 꿈이지? 하고 넘겼는데, 며칠 뒤 집안 모임에서 형부가 뜬금없이 말하는 거다. 맹꽁이는 맹수도 이기는 상징이라고. 무릎을 탁 쳤다. 그래, 애 이름은 맹공희다! 맹공희, 이제 네가 세상을 울려볼 차례다.

나의 꿈과 형부의 말이 고르게 섞여 기획안의 공희 설명은 이렇게 붙었다.

강인한 엄마의 기세와 전직 형사 아빠의 운동신경을 물려받았다. 그 결과 호랑이 굴에 들어가도 호랑이를 타고 나오고, 무인도에 떨어져도 살아남을 수 있는 근성을 장착, 멸종위기종 맹꽁이처럼 요즘 시대에 보기 드문 야생녀다.

드라마의 주제와 집필의도가 선명해지고 나면 그다음은 본격 캐릭터 생성 타임이다. 드라마는 결국 인물이 끌고 간다. 줄거리는 길일 뿐, 그 길 위를 걷는 건 사람이다. 이야기는 그 사람의 발자국에서 시작된다.

이런 이야기에 어떤 인물이 있어야 할까? 이 질문 앞에서 작가는 커피를 리필하고 인물을 창조하기 시작한다. 인물은 매력적이어야 한다. 하지만 단지 매력적이기만 해선 안 된다. 현실을 살아가는 누군가처럼 생생하고 심장 어딘가를 건드리는 사람이어야 한다. 공감이 없으면 바로 채널 이탈이다.

그래서 등장인물 설정은 가장 중요하고 가장 어렵다. 하나의 인생을 통째로 창조하는 일이다. 쉽지 않은 건 당연하다.

처음엔 이름도 없는 누군가다. 스친 눈빛 하나, 공기 중 어딘가 떠도는 기척 하나, 분명히 뭔가 있는데 아직 형체를 갖추지 못한 그 무엇뿐이다. 아이를 출산하듯 수없이 숨 고르기를 하며 정신줄을 다잡아가며 인물을 세상에 내놓는다.

너무 몰입하다보면 꿈속에서 인물이 말을 걸어올 때가 있다.
"저는 초등학교 때 전학 많이 다녔고요. 첫사랑은……."
거기까지만 듣고 깼지만 이름이 입에 딱 붙는 순간 안다.
'얘는 내가 만든 게 아니라 얘가 날 찾아온 거구나.'

인물을 내가 창조한다고 믿었지만, 시간이 지날수록 알게 된다. 그는 내가 생각하기도 전에 이미 내 안 어딘가에서 숨쉬고 있었다는 것을. 나는 인물을 그려내기보다 그의 존재를 조용히 받아 적는 사람이다. 그들이 찾아올 길목을 매일 닦아두고 언제 올지 몰라 커피를 진하게 내려놓는다.

앞서 '맹공희'처럼, 등장인물의 이름을 정하는 것도 쉽지 않다. 이름 하나가 그 인물의 성격을 품고 그 인물의 운명을 끌고 간다. 한두 음절 안에 서사와 이미지, 시대감까지 담아내야 한다. 말맛이 좋아야 하고 감정선과 어울려야 하며 때로는 운명처럼 가슴에 탁 안겨야 한다.

그래서 나는 늘 이름 짓는 데 많은 시간을 쓴다. 슬픔을 품되 무너지지 않는 사람, 사랑을 받기보다 주는 데 익숙한 사람…… 그런 인물에게는 어떤 이름이 어울릴까. 한번 정하면 100회가 넘는 드라마 속에서 수없이 불릴 이름. 그 이름은 매 장면마다 감정을 입고 대사의 억양을 타고 시청자의 귀에 스민다.

심지어 작명소에 주인공 이름을 의뢰하는 작가도 있다. 어느 작가는 대본 2회까지는 써냈지만 주인공의 이름만은 도무지 정할 수가 없었다고 한다. 매일 밤 대본 창을 열어도 그녀를 부를 이름이 없으니 그저 '주인공'이라고만 쓰인 글자가 대사 옆에서 쓸쓸히 깜빡이고 있었다. 결국 작명소에 갔다. 서울 한복판의 회색 건물 5층, 문을 열자 향냄새와 오래된 나무 서랍장이 눈에 들어왔다.

"본명은?"

"아, 제가 아니라요. 드라마 인물이에요."

작명소 원장이 어이없다는 듯 그를 위아래로 훑었다.

"음…… 생년월일이나 사주 이런 것도 없고요?"

"있죠. 일곱 살에 아버지 떠나고, 서른엔 이혼. 고시원에서 시작해서 지금은 자기 가게 하나 갖고 있고요. 겉으론 센 척하지만 사실은……."

말하다보니 어느새 한 사람의 삶을 읊조리고 있었다. 그녀가 살아온 풍경과 혼자 참았을 말들, 울지 않고 넘긴 밤들을. 원장은 그의 얘기를 다 듣고 서랍에서 오래된 수첩을 꺼냈다. 종이에 한 자, 한 자 이름을 적더니 잠시 후 이런 말을 했다.

"이름은 이미 다 나왔네. 당신이 처음부터 쭉 말했잖아. 이 여자는 '강선우'야."

작가는 수첩 위의 세 글자를 한참 들여다보았다. 묘하게 가슴이 울컥했다. 그래, 맞아. 그녀는 처음부터 강선우였다. 다만 작가가 아직 그 이름을 받아들일 준비가 안 돼 있었던 것뿐이다.

작가는 등장인물과 친해지기 위해 애쓴다. 조금 더 알기 위해 썸을 타듯 다가간다. 호기심을 품은 질문을 건넨다. '아메리카노를 마실까, 라테를 마실까?' '첫사랑은 봄꽃처럼 왔을까, 겨울 눈발 속에서 왔을까?' 'MBTI는? 별자리는? 혈액형은?'

존재하지 않는 사람을 위해 삶을 설계하고 비어 있는 과거를 상상한다. 창작이라기보다 입양에 가깝다. 누군가를 맞이하기 위해 마음의 방을 치우고 먼지를 털고 창문을 연다.

인물은 어느새 머릿속을 넘어 하루의 사소한 결정에 스며든다. 마트에서 과자 하나를 고르다 말고 "얘는 이런 맛 안 좋아할 것 같아". 버스에서 창밖 노을을 바라보다가 "이 장면, 여기서 끝내면 좋겠다". 현실의 순간들이 하나둘 그를 위한 시나리오가 되어간다. 그러던 어느 날, 드디어 그가 처음으로 입을 연다.

그날 나는 창문을 열어둔 채 원고를 쓰고 있었다. 바람이 살짝 흔든 커튼 사이로 마치 숨결이 새어 들어오듯 그의 목소리가 들렸다. 낯선 듯 익숙한 저음, 말끝에 살짝 걸린 숨.
"그날 난 사실…… 거기 가고 싶지 않았어."
나는 고개를 들었다. 보이지 않는 그의 표정이 이상하게 또렷하게 그려졌다. 눈썹이 아주 조금 찡그려져 있고 입술은 말의 끝을 삼키듯 굳게 다물려 있었다. 그 순간, 내 마음 어딘가에 별 하나가 반짝 떴다.
"됐다! 이제 얘가 나한테 마음을 열었어."

그 말을 들은 날로부터 며칠을 나는 연애 초반처럼 살아간다. 설거지를 하면서도, 잠들기 직전에도 그 목소리를 재생하며 곱씹는다. 마치 내가 그를 만든 게 아니라 그가 나를 고른 것처럼.

인물과 친해지는 법에는 공식이 없다. 그저 매일 말을 걸고 묻고 기다린다. 존재하지 않는 누군가에게 진심을 쓰다보면, 어느 순간 그는 세상 누구보다 '살아 있는 사람'이 된다. 그는 그렇게 나를 찾아온 사람이다. 그리고 내가 가장 오래 껴안을 사람이다. 나는 그와 함께 살아간다. 대사 너머 같은 시간과 공기를 나누며.

그렇게 지내다가 드라마가 끝나면 오래 만난 연인과 이별하는 기분이 든다. 작가에게 드라마의 종영은 연애의 끝과 같다.

종영 다음 날 아침, 집필실은 이상하게 조용하다. 책상 위에 식어버린 커피 컵 네 개가 놓여 있고 폭설 맞은 마을처럼 대본 뭉치는 여기저기에 무너져 있다. 모니터는 밤새 켜져 있었는데, 마지막 회 엔딩 장면이 화면에 멈춰 있다. 처음엔 담담한 척한다.

"그래, 잘 가. 너는 네 길 가. 나는 내 길 갈게."

하지만 이별 후유증은 생각보다 깊고 길다. 습관처럼 그가 쓰던 말투가 입 밖으로 튀어나온다. 엘리베이터에서 모르는 사람을 보고도 그가 했던 농담이 떠올라 피식 웃는다.

작가에게 인물은 창작물이 아니라 '전생연분'이다. 오래 그리

위하고 나서야 비로소 또 하나의 사랑이었다는 걸 알게 된다. 그의 뒷모습이 자꾸 아른거리지만 그건 좋은 사랑이었다는 증거다.

한동안 이별에 아파하다가 다시 컴퓨터 앞에 앉는다. 커서가 깜빡이고 머릿속 어딘가에서 낯선 기척이 스친다. 발소리. 익숙하지 않은 리듬. 낯선 얼굴, 낯선 눈빛. 말은 한마디도 없고, 무뚝뚝, 무표정, 무반응. 나를 조용히 바라보는 또다른 인물.

나는 속으로 중얼거린다.

'어휴, 또 시작이네. 이번엔 또 누구야.'

피드백은 사랑이라고 믿는 중입니다

교육원에서 학생들을 가르치면서 가장 힘든 일은 대본을 평가하는 일이다. 학생들이 피 땀 눈물과 카페인으로 완성한 대본을 내면 다른 학생들이 대본을 보고 합평을 한다. 서른여 명 중에서 열 명 정도만 상급반에 올라가는 구조이기 때문에 경쟁이 치열하다.

합평시간이 되면 강의실 공기가 갑자기 3도쯤 낮아진다. 나는 매번 신신당부한다. "비평은 해도 비난은 금지입니다. 성장을 향한 조언을 건네세요." 그리고 마지막엔 어김없이 덧붙인다. "합평은 사랑입니다."

사실 모두 알고 있다. 사랑에도 종류가 있다는 것을. 조건 없는 사랑, 훈육의 사랑, 그리고 나도 살아남아야 해서 하는 사랑. 합평은 결국 정중한 말투로 감정을 눌러 담은, 작가 지망생들의 우아한 전쟁이다.

"저는 재미있게 봤는데요, 주인공의 동기가 조금 약한 것 같아요"라는 말은 "사실 재미는 없었고, 주인공 왜 저래요?"라는 뜻이다. "감정선이 섬세했어요. 다만 후반부가 살짝 늘어진 느낌이 있었어요"는 "초반은 괜찮았는데, 뒤는 못 버텼어요"라는 뜻이다. "구성이 신선했어요. 근데 현실성이 조금 떨어졌던 것 같아요"라는 말은 "이건 아무 데서도 못 본 얘기네요. 그래서 몰입도 안 됐어요"라는 말이고, "저는 이 인물이 왜 이런 선택을 했는지 생각하게 됐어요"라는 말은 "이 인물, 도대체 왜 이렇게 행동하죠? 아무리 생각해도 모르겠어요"라는 뜻이다.

나는 늘 학생들이 합평하고 난 후에 말을 보탠다. 그때마다 마음이 많이 아프다. 혼을 다해 쓴 대본을, 다른 목소리들이 하나씩 해체해 들어오는 그 순간이 얼마나 고통스러운지 잘 알고 있다. 한 문장, 한 대사를 꿰매듯 이어붙이고 수십 번 덧칠하며

만들어낸 장면, 밤을 밀어내며 생명을 불어넣은 인물에 대해
누군가가 "잘 모르겠어요"라고 말할 때, 작가는 처절하게 부서
진다.

대본 평가를 받는 자리에서 눈물을 삼키는 교육원생들을 수
없이 봤다. 숨을 참으며 입술을 깨무는 제자들도 많다. 나는 울
지 말라고 하지 않는다. 괜찮다고도 쉽게 말하지 않는다. 그 대
신 이렇게 말한다. 작가는 자기 대본에 부서지고 그 조각을 주
워 다시 일어서는 사람이라고. 울어도 괜찮지만 쓰는 걸 멈추진
말라고.

어떤 제자는 합평 전에 말한다. "어젯밤에 이 대사 쓰고 울었
어요." 나는 고개를 끄덕인다. 그 말의 무게를, 그 밤의 고통을
너무 잘 알기에. 그래서 조심스럽게 말해준다.

"좋아. 울 만큼 썼다면 이제는 고칠 만큼 단단해져야지."

글은 때로 눈물로 쓰이지만, 작가는 그 눈물을 다시 펜으로
다듬는 사람이니까.

나 역시 지금도 그런 평가를 받는 처지다. 밤새 몰입해서 써
놓고 혼자 "와…… 이런 대사를 쓰다니. 진짜 나 천재인가봐" 하

고 감탄했던 그 대사가 다음 날 회의에서는 이런 말을 듣는다. "이 대사는 없어도 되지 않아요?"

심장이 덜컥 내려앉는다. '그건 캐릭터가 한 말이 아니에요. 내가 했어요. 내 심장에서 직접 나왔던 말이에요!' 속으로 외쳐보지만 실제로는 조용히 물을 마시고 낮은 한숨을 쉰다. 그리고 다짐한다. 상처받지 말자. 나는 프로니까. 피드백은 사랑이야. 사랑이겠지, 사랑일 거야…….

그런데 막상 대본 지적이 들어오면 심장은 여지없이 또 한번 찢겨나간다. 드라마작가에게 수정이란, 그저 몇 줄 지우고 새로 쓰는 일이 아니다. 이미 살아 있는 사람의 기억을 걷어내는 일이다. 그 기억의 결을 조심스레 들춰내고 그 틈을 다시 꿰매어 새로운 감정으로 덧칠하는 처절한 외과수술이다.

처음엔 완성이라고 믿었던 대본. 숨결까지 다듬었다고 자부했던 장면. 그 인물이 언제 울고 언제 웃고 어디서 멈춰 서는지 하나하나 철저하게 정리해둔 그 순간, 꼭 반응이 온다. "작가님, 대본 너무 좋아요. 그런데." 그 '그런데' 뒤에는 항상 새로운 세계가 펼쳐진다. "2회 분위기를 조금 바꿔볼까요? 이 장면, 인물이 너무 빨리 우는 것 같아요. 대사 톤을 조금 더 밝게, 근데 슬프게요."

작가의 마음은 파도 속에 던져진 조약돌처럼 흔들린다. 이미 한번 사랑한 대사를 스스로 덜어내야 하는 건 거의 생이별에 가깝다. 다시 쓰는 대사는 처음 쓸 때보다 더 조심스럽고 더 아프다. 그 말이 얼마나 잘 어울렸는지를 알아버렸기 때문이다.

하지만 뭐 어쩌겠나. 나는 묵묵히 파일을 연다. '수정_최종' '수정_진짜최종' '수정_진짜최종_ver3' '최최종_이게_진짜다' '수정_감독버전_내버전_비교' '수정_진짜최종_진짜로이게끝', 저장하고 또 저장하며 대사를 바꾸고, 장면을 다시 짜고, 인물의 마음을 다시 걷어낸다.

가끔은 처음 썼던 그 문장이 아주 그립다. 그래서 몰래 다시 넣어본다. "이거, 예전 거 아니에요?"라는 질문에 나는 멋쩍게 웃으며 대답한다. "아니요. 수정은 했었는데요, 인물이 자꾸 이렇게 말하더라고요."

그 순간에는 누구도 뭐라 하지 못한다. 왜냐하면 그 인물은 진짜 그렇게 말했으니까. 적어도 작가에겐 한 번도 입 다문 적 없는 가장 진실한 존재니까.

사실은 작가가 가장 잘 안다. 수정이란 자기 확신과 타인의 시선을 사이에 두고 묵묵히 균형을 잡아가는 일이라는 것을. 글을 고친다는 건 단순한 재배치가 아니다. 작가가 진짜로 고치는 건 자신의 고집과 자존심, 애착이다. 그리고 그것들을 조금씩 내려놓는 용기가 필요하다. 그래서 다시 고치고 또 고친다. 몇 번이고 방향을 바꾼 끝에 이야기가 조금 더 단단해져 있는 걸 발견한다. 아픔을 견뎌낸 장면이 가장 오래 남는 장면이 된다는 것을 깨닫는다. 견디고, 다듬고, 다시 꺼내 쓴 진심은 언젠가 누군가에게 가장 깊이 박힌다는 것도 잘 알게 된다.

합평을 받고 속상해하는 교육원생들에게 나는 늘 이런 말을 건넨다.

"그 기분, 저도 너무 잘 알아요. 어제도 한 회 대본을 쓰며 열두 번 고치고 열세 번 저장했어요. 지금은 어떤 게 진짜 원본인지 저도 헷갈려요."

그러면 교실 한쪽에서 긴 한숨과 함께 조용한 웃음이 피어난다. 그 틈을 타 나는 살짝 진심을 얹는다.

"그러니까 너무 낙심하지 마세요. 사실 수정할수록 좋아지거든요. 수정의 터널 끝에는 조금 더 단단해진 대본이 짠 등장해줄 거예요."

　작가는 비판에 매를 맞고, 수정에 물들고, 한 줄의 칭찬에 기대어 며칠을 버티는 사람이다. 완벽하다 믿었던 대사는 회의 한마디에 사라지고, 심장을 다해 만든 장면은 눈 깜짝할 새에 없어지기도 한다. 그럼에도 우리는 지워진 자리에서, 부서진 문장들 사이에서 다음 대사를 꺼내든다. 언젠가 그 말이 누군가에게 처음처럼 다가갈 수 있다는 것을 아니까.

　상처받고도 대사를 쓰고, 흔들리면서도 펜을 놓지 않고, 때론 눈물로 때론 애써 버티는 웃음으로 하루의 이야기를 시작하고, 지우면서 살아남는 사람. 매일 다시 쓰는 사람. 그게 바로 드라마작가다.

　"피드백은 사랑이야……." 오늘도 주문을 나지막이 되뇌며 부서진 대사 앞에 다시 앉는다.
　'수정_진짜최종_ver8'. 그 속에 포기하지 않은 마음 하나가 수정되지 않은 채 살아 있다.

들판에는 아무것도 없을지도 몰라.

그래도 나는 좋다.

기다리고 있는 것이 그 무엇이라도 좋다.

— 〈경찰서여 안녕〉에서

글 쓰는 죄로 수감되었습니다

나는 주로 집에서 글을 쓴다. 그런데 드라마 한 편이 편성되고 나면 그 드라마가 진행되는 동안 작업실이 마련된다. 대본 회의 할 공간도 필요하고 연출부가 편히 드나들며 작업할 수 있어야 하기 때문이다.

작업실은 보통 제작사에서 마련해준다. 조건은 간단하다. 가능한 한 집과 가까울 것. 동선 최소화, 배려 최적화. "작가님, 이래 봬도 사랑 듬뿍 담은 감옥이에요"라는 '뜨거운 아이스아메리카노' 식의 멘트와 함께 작업실 문이 열린다.

나는 그렇게 ○○오피스텔 ○○○호에 수감된 죄수가 된다. 창살은 없지만 출구도 없는 징역살이 시작이다. 냉장고에는 생수와 간편식이 가득하고, 책상 근처에는 플로어 램프 하나가 늘 켜져 있다. 밖은 낮이지만, 이 안은 늘 야근 분위기를 물씬 풍긴다. 물론 문은 열려 있다. 하지만 나갈 시간이 없다. 한 장만 더 쓰고. 이 신만 마무리하고. 조금만 다듬고……. 그렇게 며칠이 흐르면 해도 지고 사람도 진다. 간혹 누군가 "언제 나와요?" 하고 묻는다. 나는 조용히 대답한다. "드라마 끝나면."

'작가의 작업실' 하면, 사람들은 대체로 이런 그림을 상상한다. 햇살이 가득한 창가에 예쁜 화분 하나. LP 플레이어에서 바흐나 쇼팽이 흐르고, 커피는 따뜻하고, 타닥타닥 키보드 소리가 햇살 따라 부드럽게 번지는, 그야말로 서정적인 고요가 흐르는 공간. 글이 고요하고 품격 있는 사색의 결과물이라고 믿는 이들에겐 이보다 더 이상적인 그림은 없을 것이다. 그럴 수 있다, 작가의 작업실은. 에세이스트라면, 시인이라면, 사색과 티타임이 허락된 인생이라면.

하지만 드라마작가의 작업실, 특히 일일드라마 작가의 작업실이라면……. 잠깐, 바흐 꺼주세요. 이 공간에 흐르는 건 바흐가 아니라 피 말리는 카운트다운 소리다. 화분, 그건 이미 두 달 전에 말라죽었다. 물을 줄 시간보다 원고 줄 시간이 더 급했기 때문이다. 햇살, 그게 뭐였지? 블라인드는 늘 내려와 있고 실내조명은 밤낮없이 켜져 있다. 자판 소리는 타닥타닥이 아니라 '쿵쾅쿵쾅 쾅! 탁탁탁! 퍽!'이다. 그리고 중간중간 'Ctrl+Z'의 날카로운 비명이 끼어든다. 커피는 따뜻하지 않다. 뜨겁게 내렸지만 차게 식어서 결국 어제 커피와 섞어 마신다.

일일드라마 작가의 작업실은 우아함보다는 시간과 감정이 치고받는 격전지에 가깝다. 일단 책상 위를 보면 인쇄된 대본 초고들이 마치 마감 전투에서 전사한 시체처럼 층층이 산더미처럼 쌓여 있다. 그 위엔 '여기 손봐야 함' '이 장면 다시 생각해봐야 함' '감독님이 이해 못 하셨던 대사' 따위의 외침이 담긴 노란 포스트잇 떼거리가 전장의 깃발처럼 나부끼고 있다.

모니터엔 커서가 무심히 점멸중이고, 책상의 다른 한쪽엔 커피 컵, 홍삼 파우치, 그리고 스트레스 해소용 간식들이 응급키트로서 정렬 대기중이다. 견과류, 아몬드, 미니초콜릿, 사탕, 씹고 있으면 마음이 덜 아픈 것들. 책상 아래에는 버려진 아이스

커피 컵이 셋, 진행중인 컵이 하나, 정체불명의 액체가 들어 있는 컵⋯⋯. 음, 그냥 두자. 그건 좀 무섭다.

창밖 날씨는 알 수 없지만 작업실 안의 기후는 늘 동일하다. 마감 전야. 기압 저하. 감정 폭풍 전개중.

불쑥 보조작가가 들어와 조심스레 묻는다. "선생님, 3회 엔딩은 지금 이걸로 괜찮으세요?" 나는 아주 잠깐 멈칫했으나 이내 "응, 괜찮아" 하고 고개를 끄덕인다. 그리고 곧장 1회로 돌아가 등장인물의 성격부터 바꾸기 시작한다. 왜냐하면 대사 하나를 고치면 그 사람이 바뀌고, 그 사람이 바뀌면 관계가 흔들리고, 관계가 흔들리면 인생이 바뀌고, 결국 결말이 달라지기 때문이다. 그러니까 지금 나는 3회 엔딩의 여운을 위해 1회 초반에 깔아놓은 그 사람의 버릇 하나를 지우는 중이다. 3회 괜찮냐고 묻는 순간 나는 이미 11회의 복선과 17회의 배신과 32회의 사과 장면까지 다녀오는 중이었다. 그걸 보조작가에게 설명하면 우린 밤을 새워야 한다. 그러니 그저 "응, 괜찮아"라고 말한 뒤 혼자 지옥으로 돌아간다. 대사 하나로 인생이 뒤집히는 작가의 지옥.

작가의 신이 강림할 것만 같은 때도 있다. 작업실은 이상할

만큼 잠잠하고 커피는 그날따라 크레마가 예술이다. 택배도 안 오고 블루투스스피커에서 '잔나비' 노래가 감미롭게 흐른다. 햇살은 따뜻하고 미세먼지 농도는 매우 좋음, 심지어 머리도 안 아프다. 모든 게 완벽하다. 너무 완벽해서 살짝 무서울 정도다.

그런데 그런 날은 대체로 글이 하나도 안 써진다. 분위기가 너무 좋기 때문이다. 너무 조용하고 너무 여유롭고 너무 '예술가 느낌'이 난다? 그럼 그날은 망한 하루다.

반면 뒷집 강아지가 미친 듯이 짖고, 옆집은 드릴로 벽을 뚫고, 작업실 밖 거리에서는 누군가 "너 진짜 오늘로 끝이야!!!" 하고 싸우는 그날. 그날이 바로 명장면의 날이다. 대본 창에 커서가 날아다니고 그 안에 대사가 흐르면 속으로 외친다. '야, 이 장면…… 저장, 저장.' 방해가 오히려 집중을 낳고 혼돈이 오히려 감정을 깨운다.

정리보다 엉킴이, 침묵보다 소음이 도움되는 이상한 공간. 작가만의 야전 침실. 낮에는 전쟁, 밤에는 자아 해체, 그리고 아침엔 또다시 "1회부터 손봐야 할 것 같아요"로 시작되는 마법 같은 리셋 룸이다.

작업실에서의 업무는 사실 글쓰기보다 회의가 훨씬 많은 비중을 차지한다. 그리고 회의는 언제나 그렇듯 아주 의욕적으로 시작된다.

"15회 이야기 정리해보자." 그런데 십 분 뒤에…….

"그런데 선생님, 이 커플, 키스 안 해요?" "아직은 안 돼."

"그럼 누구랑 싸워요?" "그건 20회쯤에."

"그럼 15회엔 뭐 하죠?" "……일단, 생각을 좀 하자."

그러면 갑자기 정적이 찾아온다. 긴장감 넘치는 회의의 침묵 속에서 누군가는 조용히 과자를 뜯고, 누군가는 커피를 리필하며, 누군가는 화이트보드에 하트를 그렸다가 민망한 듯 슥 지운다. 그 침묵을 깨는 건 보조작가 가운데 가장 용기 있는 한 명이다.

"선생님…… 이 장면, 그냥 없애면 안 돼요?"

"그 장면 없애면 그 인물이 사라져."

순간 모두의 눈빛이 허공을 떠다닌다. 대사 한 줄에서 시작한 회의가 세계관 붕괴 직전까지 갔다가 다시 회차별 시놉시스로 회귀하는 브레인스토밍.

"12회에서 주인공이 왜 갑자기 그 집에 가요?" "사랑하니까."

"그런데 어제까진 미워했잖아요." "사랑과 미움은 한 끗 차이잖아?"

"그럼 미운데도 사랑하니까 간 거예요?" "아니, 미워서 더 사랑하게 됐나……?"

논리는 엎어지고 감정선은 꼬인다. 등장인물은 작가의 머릿속에서 실종 직전, 누군가 외친다. "먹고 할까요?"

그 말이 떨어지면 줄거리며 감정선이며 다 멈추고 일단 밥부터 먹는다. 밥심 없는 서사는 존재하지 않는다. 배를 든든히 채우고 다시 회의로 돌아가면 "그래서 애네 왜 싸우는 거였죠?" 기억이 안 난다. 서사도, 감정선도, 대사도 전부 순두부찌개와 함께 날아갔다. 또 누군가 말한다. "뭐 좀 마시고 할까요?"

배는 안 고픈데 서사가 막히면 배가 고픈 기분이 드는 미스터리. 먹고 회의하고, 회의하다 또 먹고, 다시 먹으며 회의하는 무한 루프. 이쯤 되면 과자에도 감정선이 생긴다. '초코파이'는 주인공 커플 같은 존재라 한 상자 다 먹으면 허전하고, '오징어땅콩'은 조연 같아서 꼭 중간에 떠오른다. '새우깡'은 스토리 정체 구간에서 먹기 시작해 정신을 차려보면 기승전결 없이 사라진다.

숨막히는 회의 끝자락에, 쓰다 지친 밤의 끝자락에 작업실로 도착하는 것은 사람이다. 말이 전혀 안 통하던 회의가 끝나고 무기력하게 자리에 앉아 있던 어느 날. 모니터가 멍하니 빛만 내뿜고 있을 때 보조작가가 조용히 다가와 작은 종이컵 하나를 내밀었다.

"선생님, 따뜻한 허브티예요. 커피는 조금 자제하세요."

또 어느 날은 배달 앱을 켜고 고민중일 때 감독님이 문고리에 간식을 걸어놓고 가셨다. "작가님, 달달한 거 드시며 쓰세요."

어떤 후배는 아무 말 없이 꽃다발을 배달로 보냈다. 정체 모를 귀여운 꽃들이 한가득 담긴 꽃다발이었다. '선배 방이 너무 회색 같을까봐요. 가끔 꽃도 등장해야죠'라는 메시지와 함께. 덕분에 작업실 한쪽 모니터 옆에 커서 대신 꽃잎 하나가 시선을 붙잡았다. 그건 어떤 대사보다 부드럽게 작가의 마음을 눌러주었다.

결국 작업실도 사람이 채운다. 이야기를 함께 짓고, 마음을 건네는 그들이 있어서 작업실은 기꺼이 견딜 만한 장소가 된다. 작가는 늘 고독 속에 혼자 앉아 있는 것처럼 보이지만, 그 고독을 함께 안아주는 사람이 있다는 건 그가 끝내 혼자가 아니라는 뜻이다.

드디어 글 감옥에서 출옥하는 날이다. 마지막 원고를 넘긴 다음 날, 나는 작업실 정리에 들어간다. 오래 앉아 있었던 의자를 밀어내고, 한때 전투의 흔적이었던 대본 더미를 묶고, 포스트잇들을 떼어낸다. 모니터 옆에 걸려 있던 '오늘 122회 마무리 짓자!' 같은 격려 문구도 찢는다. 커피 얼룩이 남은 책상을 천천히 닦다가 멈춘다. 그 위에 아직 놓여 있는 시들어버린 꽃 한 다발. 한때 커서 옆을 지키던 그 꽃잎이 이제는 바짝 말라 있다. 그래도 쉽게 버리지 못한다. 한참을 앉아 있다가 조용히 봉투에 담는다. 마치 사람을 보내는 마음으로.

마지막으로 창문을 연다. 환기 겸 작별 겸. 드라마가 종영하는 동안 계절이 다섯 번 바뀌었다. 봄에서 여름, 가을, 겨울, 다시 봄. 이제 봄도 여름도 아닌 그 사이쯤 되는 바람이 분다. 작업실을 나서며 나는 뒤를 한번 돌아본다. 텅 빈 방, 아무도 없는 조용한 책상. 불 꺼진 조명 아래 내가 썼던 모든 말들이 아직도 공기 중에 남아 있는 것 같은 느낌.

　그렇게 나는 또 하나의 방을 떠난다. 한때는 내 삶의 전부였고, 자발적 감옥이었던 곳이여, 안녕. 그리고 이제 곧 마주할 새로운 나의 감옥에도 미리 인사를 건넨다. 제발, 회의는 좀 덜 막히고 아이디어는 수돗물처럼 콸콸콸 나오는 방이길!

잠깐 울고 올게요, 노래방에서

아들이 다섯 살이던 해, 나는 삶의 방향키를 과감히 돌렸다. 안온했던 교사직도, 남편도 부산에 남겨두고 아들의 작은 손을 꼭 붙잡은 채 서울로 입성했다.

"엄마, 우리 어디 가?"

"글 쓰러."

나는 삶을 다시 쓰기 시작했다. 정확히 말하면 원고도 쓰고, 전셋집 계약서도 쓰고, 어린이집 입소지원서도 함께 썼다. 나는 아들이 다니게 될 어린이집이 내려다보이는 곳에 둥지를 틀었다. 집필 책상을 거실 창가에 두고 원고 쓰는 중간중간 아들이

노는 어린이집을 지켜봤다. 그렇게 나는 한 명의 엄마이자 풀타임 글쟁이의 길로 들어섰다.

그 시절, 외로움은 그림자처럼 따라붙었고 추위는 마음 안까지 스며들었고 고단함은 자꾸만 말끝을 떨리게 했다. 여행을 떠나는 것조차 사치였고 친구 만나는 시간마저 여의치 않던 그때, 쌓이고 쌓여 터질 것 같은 감정을 꺼내놓을 수 있던 곳은 노래방이었다. 노래 한 곡에 기대 내 안의 울음을 내 목소리로 안아주었다.

다섯 살 아들을 집에 홀로 둘 수 없으니 노래방에도 늘 함께였다. 그리하여 '엄마 전용 뮤직 테라피 룸'에는 '아들 전용 미술 작업실'이 함께 들어섰다. 필수 아이템은 스케치북. 옵션은 색연필과 크레파스. 노래방의 다채로운 불빛 아래 아이는 스케치북을 꺼냈고, 나는 마이크를 들었다. 엄마는 노래했고 아들은 그렸다. 그렇게 서로의 방식으로 그 시간의 감정을 해석해냈다.

엄마: 그대 내 곁을 떠나는~
아들: (진지하게 선을 긋는다)

엄마: 가끔은 아무도 몰래~

아들: (파란색으로 하늘을 채운다)

엄마: 그댈 기억하겠지~

아들: (무표정하게 트리케라톱스의 꼬리를 완성한다)

나는 노래에 혼신을 실으며 감정의 해일을 터뜨렸고, 아이는 공룡과 물고기를 그리며 무심한 평온을 완성했다. 그렇게 노래방은 나에게 눈물 대신 터뜨리는 법을 알려주는 테라피 룸이었고, 아이에게는 색감 가득한 상상력의 아틀리에였다.

그때를 기억하면 아직도 가슴 한구석이 아릿해진다. 한 공간, 두 마음. 각자의 방식으로 감정을 다루는 엄마와 아들의 즉흥 합주 같은 시간. 울지 않기 위해 부르고, 묻지 않기 위해 그렸던 소란스럽고 조용한 오후들.

그렇게 그림만 그리던 아들이 어느새 훌쩍 자라 군대에 가게 되었다. 입대 며칠 전에 아들이 불쑥 말했다. "엄마, 노래방이나 갑시다." 아무렇지 않게 꺼낸 말이었지만 그 속엔 다 말하지 못한 작별인사가 들어 있었다.

우리는 노래방에 들어섰고 아들은 곡들을 예약하기 시작했

다. 〈애모〉 〈흔적〉 〈언젠가는〉 〈부초〉 〈무인도〉 〈꽃밭에서〉 〈화요
일에 비가 내리면〉…….

가슴이 덜컥 내려앉았다. 고단했던 서울살이 속 가난한 시간
과 외로움을 껴안으며 노래방이라는 작은 은신처 안에서 불렀
던 바로 그 노래들이었다. 그때의 나는 엄마였고, 작가였고, 가
끔은 그저 울고 싶던 여자였다. 다섯 살 꼬마가, 불빛 아래 묵묵
히 앉아 있던 그 아이가 작은 귀로 다 듣고 있었구나. 그 작은
마음에 다 담고 있었구나. 내 감정의 무늬를, 내 목소리의 떨림
을, 그 선율의 결을 자신만의 방식으로 오래도록 간직해왔구나.

아들이 내가 부르던 노래를 불렀다. 그리고 노래가 끝나자 마
이크를 내려놓고 내 눈을 바라보며 말했다.
"엄마, 저 키우느라 고생 많았어요. 이젠 꼬맹이 아니에요. 어
른이에요. 그러니까 제 걱정 말고 엄마도 편하게 지내세요. 친구
들이랑 노래방도 다니고, 기분도 좀 풀고 살아요."

아무 말도 할 수 없었다. 군대 가는 날, 위로가 필요한 사람
은 그 아이라고 생각했는데 나는 그 아이에게 위로받고 말았다.

사람을 이렇게 울려도 되는 건가.

하지만 자식 앞에서 눈물을 보일 수는 없었다. '엄마는 강하고 쿨하다' '눈물 따위는 흘리지 않는다'라는 콘셉트. 그날도 나는 마이크 하나로 감정과 싸웠다. 속으론 울컥했고, 입대 전인데도 벌써 보고 싶었고, 마이크를 꺾고 오열할 뻔했지만, 청승을 물리치기 위해 선곡을 급히 수정했다. 〈그녀와의 이별〉 탈락. 〈애모〉 스킵. 대신에 〈애상〉 〈아모르 파티〉 〈PICK ME〉까지 비트에 의지한 생존형 세트리스트를 가동했다. "자, 엄마 간다!" 탬버린을 들고 리듬에 맞춰 웨이브를 날렸다. 아들의 표정은 놀라움 반, 존경 반, 아주 약간의 민망함. 뺨에 뭔가 흐르는 것 같았지만 나는 속으로 되뇌었다.

'이건 눈물이 아니라 고음 뽑다가 생긴 식은땀이야.'

그렇게 청승 한 방울 없이 두번째 믹스테이프를 완성했다.

노래방 문을 나서며 아들이 조용히 한마디 남겼다.

"엄마, 진짜 멋있었어요. 그런데 탬버린은 다음엔 자제 부탁드려요."

그래, 그날의 나는 멋있었다. 심장은 노래방 조명 아래에서 뛰고 있었고 나는 비트를 타는 척하며 이별을 버텼다.

어린 아들과의 노래방 장면은 〈결혼하자 맹꽁아!〉에 그대로 담겼다. 주인공 구단수는 어린 시절에 엄마를 따라 노래방에 간다. 단수는 노래방 조명 아래에서 그림을 그리고 엄마는 외로움과 고단함에 젖어 노래를 부른다. 세월이 지나 어른이 된 단수는 그 시절 엄마가 노래방에서 불렀던 노래를 부르고, 엄마는 그런 아들을 몰래 지켜보며 눈물짓는다는 내용이다. 엄마 역의 최수린 배우가 대본을 보고는 문자를 보내왔다. '작가님, 대본 보다가 많이 울었어요.' 구단수 역의 박상남 배우도 엄마를 생각하며 눈 밑이 젖어 연기해주었고, 최수린 배우도 아들을 생각하며 진심으로 연기해주었다. 그 장면이 방송된 후 많은 시청자들이 그 장면을 보며 울었다며 공감의 메시지를 보내주었다.

내가 겪은 작은 이야기 하나가 배우의 진심을 만나고 카메라의 숨결을 지나 시청자에게 도착했다. 나의 삶이 장면이 되고, 그 장면은 다시 누군가의 삶으로 스며든다. 그 반복 속에서 우리는 서로의 마음을 조금씩 알아간다.

그러고 보면 드라마는 꾸며낸 허구가 아니라 우리가 서로를 비추는 또 하나의 거울이 아닐까.

눈물방울 떨어지는 나에게
어깨 내린 나에게
발걸음 느려지는 나에게

첫눈처럼 가만가만 다가가
눈발이 내리듯
토닥토닥 위로해주고 싶다.

– 〈결혼하자 맹꽁아!〉에서

매일매일 마감과의 데스 매치

나는 일일드라마를 여러 편 써왔다. 매일 수십 장씩 쏟아지는 분량, 눈앞에서 하루하루 지나가는 방송 편성표, 촬영장에서는 '오늘 원고, 오늘 촬영'이라는 말이 현실이 되는 세계에 몸을 담고 살아왔다.

집필 기간만 해도 일 년 이상인 연속 장편드라마를 쓴다는 것은 '매일매일 마감과의 데스 매치'라는 뜻이다. 일주일에 대본을 다섯 편, 하루에 하루치 대본을 써야 하니 커피는 식을 틈이 없고 심장은 늘 예고편 상태로 뛰고 있다.

그런 치열한 날들 속에서 나는 원고 마감일을 넘긴 적이 없다. 남들보다 일찍 일어나는 습관의 덕을 보고 있긴 하지만, 종종 게으름을 피우고 싶거나 글이 안 나온다는 핑계로 늘어지고 싶은 날이면 그날을 떠올린다. 마감 약속만은 목숨처럼 여기게 된 데는 눈물의 어느 밤이 있었다.

1998년, 꽤 오래전 일이지만 내겐 아직도 생생하다. 그때는 컴퓨터가 있어도 인터넷은 거북이보다 느렸고 '메일 첨부'는 거의 외계 기술이었기에 늘 원고는 보조작가의 두 손에 들려 방송국에 전해졌다. 그 주에 나는 감기에 걸려 일주일을 통째로 날렸다. 머리는 지끈거리고 코는 막히고, 의지는 있었지만 키보드가 나를 밀어냈다. 정신은 미열과 마감 사이에서 아찔한 줄타기 중이었디. 보조작가가 초조한 눈빛으로 차마 말을 못 하고 맴돌다가 드디어 입을 열었다.

"선생님, 조연출이 원고 언제 되냐고…… 지금 전화기에 불났어요."

나는 머리를 감싸쥐고 읊조렸다.

"그래도 안 나와. 글이 안 나와……"

결국 보조작가를 집에 돌려보내고 홀로 미친 듯이 원고를 써

내려갔다. 새벽 세시, 드디어 마침표. 프린터가 종이를 밀어내며 '짜자자잔' 감격의 베토벤 사운드를 울려줬다. 그때 나는 방송국 건너편 아파트에 살고 있었어서 트레이닝복에 외투 하나 걸친 채 원고를 들고 방송국으로 뛰었다. 감기약 기운에 약간 붕 떠 있었고 신발은 어그였는지 슬리퍼였는지 기억이 없다.

드라마 사무실 문을 여는 순간, 수십 명이 나를 향해 달려들었다. 아니, 정확히 말하면 '내 손에 들린 원고'에 돌진해왔다. 누군가 내 손에 든 원고를 낚아채듯 가져갔고 우르르 복사기로 몰려들어 복사를 해대기 시작했다. 나는 그 자리에 그냥 털썩 쓰러지듯 주저앉아버렸다.

대본이 나와야 매니저는 배우 스케줄을 짜고, 소품 팀은 소품 리스트를 뽑고, 연출은 카메라 동선을 짜고, 촬영 팀과 조명 팀은 세트를 꾸릴 수 있었다. 대본은 말 그대로 드라마 시스템의 심장이었다. 너무나 당연한 것을 뼈가 아프게 깨달았다.
'그래, 원고 없으면 아무것도 안 돌아가는구나.'

집에 돌아오는 길, 눈물이 났다. 현실에 대한 이해로서의 눈물이었다. 원고를 제시간에 내지 못하는 작가라면, 작가라는 이름을 감당할 자격이 없다는 사실을 절감했다.

몸이 아파 며칠을 날려버리고 그 바람에 드라마 시스템 전체가 엉망이 됐던 그날, 나는 책상 앞에 굵은 글씨로 이렇게 써붙였다.

'마감은 목숨처럼 지킨다!'

이건 내 철학이자 내가 이 업계에서 지켜온 최소한의 품위다. 그래서 정말 '무슨 일이 있어도' 제 날짜에 원고는 낸다. 그것이 이 현장에서의 생존조건이다.

이 철칙은 계속해서 지켜졌다. 한번은 이웃집에서 인테리어 공사를 시작했는데 소음이 거의 콘서트 수준이었다. 귀마개도, 노이즈 캔슬링도 소용없었다. 정신이 산만해져 도저히 쓸 수가 없었다. 그래서 옷장 안으로 들어갔다. 코트들을 한쪽으로 제치고 벽 쪽에 노트북을 켜놓고 문을 닫고 웅크리고 썼다. 한여름이었다. 결국 세 페이지만 쓰고 땀범벅으로 탈출했다. 하지만 그 세 페이지가 그날의 마감을 지켜줬다.

누군가는 말한다. "작가님, 무리하지 마세요." 그 말에 나는 늘 속으로 이렇게 되받는다. '무리하지 않으면 마감은 안 지켜집니다.'

원고는 내 이름으로 나간다. 그 이름은 누구도 대신 지켜주지 않는다.

글쟁이는 글로 일하지만, 몸으로 버틸 수 있어야 한다. 문장은 머리로 짜지만, 그럴 수 있게 버텨주는 건 허리, 어깨, 눈, 심장, 그리고 위장이다. 예전에는 글이 잘 써지기만 하면 밤을 새우는 것도 두렵지 않았다. 밤샘을 예술혼의 기본 소양처럼 여겼고, 운동은 글에 방해되며, 밥은 생각을 흐트러뜨린다고 믿었다. 그 시절 내 주요 영양소는 카페인과 자존심이었다. 수분 보충은 뜨거운 아메리카노 리필로, 허리 통증은 파스 한 장과 정신력으로 눌렀다. 그러다가 한계가 왔다.

어느 날 컴퓨터 앞에서 허리를 부여잡고 일어나다가 '아, 정말 안 되겠다'는 내적 각성을 했다. 마감이 내일이면 오늘은 살아 있어야 한다! 드디어 체육관 정기권을 끊었다. PT 첫날, 트레이너가 물었다. "목표는 뭔가요?" 나는 망설임 없이 대답했다. "마감 다음 날에도 살아 있는 몸이요."

그렇게 시작된 '작가 생존형 건강 프로젝트'. 아침에 일어나면 홍삼 한 포를 쪽쪽 빨고, 점심엔 영양제 일곱 알 세트(오메가3, 마그네슘, 루테인, 프로바이오틱스 등)를 삼킨다. 운동도 꾸준히 한다. 유산소는 체력용, 근력은 마감용. 밤엔 스트레칭을 하며 작가들에게서 추천받은 '목 디스크 탈출 루틴'을 따라 한다. 루틴의 실제 이름은 '퇴고하는 목을 위하여'. 팔을 돌리며 "수정은 자비롭게", 고개를 숙이며 "마감은 은혜롭게" 작가의 주기도문을 외우는 것은 덤이다.

물론 그렇게 다 해놓고 밤 열한시쯤 라면 끓여먹는 나 자신과 마주하면, 마감보다 힘든 건 나와의 싸움이구나 깨닫는다. 그래도 그거 하나는 확실히 안다. 몸이 망가지면 글도 망가진다. 몸은 창작의 도구다. 기계도 기름칠해야 굴러가듯 작가도 몸을 귀히 여겨야 한다.

마감을 지켜 원고를 넘기고 나면 허탈감이 몰려온다. 끝났다는 안도감보다 '이걸로 괜찮을까?' 하는 불안이 더 크다. 그 의

심은 슬그머니 속삭이기 시작한다.

'잠깐만요. 저 대사 한 줄만, 진짜 딱 한 줄만 바꿔도 돼요?'

그 순간, 나는 이미 '최종_진짜최종_진짜진짜최종_ver3' 파일을 다시 열고 있다.

수정 욕심은 누구보다 작가 본인이 제일 많다. '완벽한 대본을 만들고 싶다'는 이상과 '방송 시간표는 기다려주지 않는다'는 현실 사이에서 늘 줄다리기하며 실랑이하는 사람이 바로 작가다. 그럼에도 불구하고 일단 마감은 지키고 본다. 왜냐하면 마감 후 수정된 대본은 '완벽한 대본'이 아니라 '안 온 대본'이 되기 때문이다. 제아무리 명장면이 추가되고 감동적인 대사가 탄생했어도 그 대본이 안 왔다면 없는 것이다.

냉정한 방송국의 시간표는 오늘도 정시에 굴러간다. 그래서 작가는 항상 '덜 만족스러운' 미완의 글을 넘긴다. 부족하다는 걸 알면서도 '기한 안에 도착하는 것'을 더 우선시한다. 그게 이 세계에서 '작가'라는 이름을 지키는 방식이니까.

서툴지만 찬란했던 시작들

방송작가교육원은 우리나라 드라마작가들이 대부분 거쳐간 일종의 관문 같은 곳이다. 나는 드라마가 끝나고 잠시 숨을 고를 틈이 생기면 종종 그 강의실에 다시 선다. 그러다 내가 가르친 제자들이 굵직한 작품들에 이름을 올릴 때면 속으로 소리친다.

'어머, 우리 애가 해냈어!'

〈오월의 청춘〉〈미지의 서울〉의 이강 작가, 〈갯마을 차차차〉〈엄마친구아들〉의 신하은 작가, 〈악의 꽃〉의 유정희 작가, 〈피고인〉〈천원짜리 변호사〉의 최창환 작가가 쓴 드라마가 끝나고 크레디트에 그들의 이름이 올라갈 때면 입이 근질거렸다.

'저 작가가 저의 제자예요!'

누군가 그 드라마 잘 봤다고 얘기하면 신나게 제자 자랑을 했다. 팔불출 소리 들어도 좋았다. 괜히 어깨가 으쓱해지고 입가엔 웃음이 먼저 번졌다. 교육원에서 수업하던 시절, 그들이 얼마나 간절한 마음으로 한 줄 한 줄 써내려갔는지 알고 있다. 그들의 꿈이 현실이 된 걸 보면서 가슴이 벅차올랐다.

몇 해 전, 우리 반에는 꼭 드라마작가가 되고 싶다는 학생이 있었다. 단 한 번도 결석하지 않았고 매주 가장 먼저 강의실 문을 열었다. 언제나 같은 자리에 조용히 앉아 웃으며 인사하고 정성스럽게 준비해온 원고를 꺼내 책상 위에 올려놓았다. 그는 휠체어를 탔다. 어머니가 등하원을 돕는다는 이야기를 교육원 담당자한테 전해들은 적 있었다. 하지만 나는 단 한 번도 그 모습을 본 적이 없었다. 강의가 시작되기도 전에 그는 이미 자리에 앉아 있었기 때문이다.

어느 날 조심스럽게 물었다. "힘들지 않아요?" 그는 맑은 눈빛으로 고개를 저으며 말했다. "전혀요. 너무 재밌어요." 나는 그에게서 배웠다. 꿈꾸는 마음은 반드시 어딘가에 닿게 되어 있다는 것을.

그가 쓰고 싶은 이야기는 세상의 중심이 아닌 그늘 쪽에 놓인 사람들의 이야기였다. '오늘도 잘 버텼다'라는 말 하나로 하루를 마무리하는 사람. 아무에게도 들키지 않게 울고 아무도 모르게 다시 다짐하는 사람. 누군가에겐 아무것도 아닌 사람. 그러나 마침내 그들이 '주인공'으로 불리는 하루가 찾아오는 이야기였다.

첫 대사는 이렇게 시작되었다. "이 세상에는, 내가 직접 누르지 않으면 열리지 않는 문이 너무 많았다."

그가 쓴 드라마가 전국에 방송되는 날, 나는 아마 울어버릴지도 모른다. 하지만 그날 나보다 더 뜨겁게 우는 사람이 있다면 매주 아무도 모르게 휠체어를 밀어 데려오고 아무도 모르게 데려가고 "수고 많으셨습니다"라는 내 인사를 끝내 받지 않기 위해 늘 조용히 그림자처럼 움직이던 그의 어머니일 것이다.

다른 제자들도 열정이 넘치긴 마찬가지였다. 그중에는 부산에서 매주 기차를 타고 올라오는 제자도 있었다. 늘 수업 시작 십 분 후에 헉헉 숨을 몰아쉬며 도착했지만, 교실 문을 열 때마다 외치듯 인사했다. "선생님, 저 또 살아서 왔습니다!"

그는 한 주도 빠지지 않고 출석했고 밤 아홉시쯤 수업이 끝나면 다시 부산행 막차를 타기 위해 허겁지겁 나갔다. 수업이 늦게 끝나는 날이면 미안한 얼굴로 가방을 들며 말하곤 했다. "선생님, 저 먼저 가볼게요. 기차 시간이 좀 빠듯해서요."

"부산에서 이렇게 오가는 거 힘들지 않아요?" 언젠가 나의 질문에 그는 늘 입는 체크무늬 셔츠에 고무줄 바지 차림으로 오래된 백팩을 고쳐 메며 담담하게 말했다. "힘들죠. 그런데 이 수업이 제 일주일 중에 제일 행복한 시간이거든요." 그러고 한 박자 늦게 장난기 섞인 말투로 덧붙였다. "게다가 집에 있으면 제가 글을 안 써요. 엄마가 맨날 말해요. '야, 네가 쓴 것보다 국 끓이는 게 더 감동적이다!'"

나는 웃으며 고개를 끄덕였고 그는 "그럼 다음 주에도 살아서 오겠습니다!"를 외치고 강의실을 빠져나갔다.

가끔 상상한다. 기차 안에서 김밥을 먹으며 대본을 꺼내 읽는 그의 모습을. 창밖 풍경이 흐르고 그는 한 대사에 볼펜으로 밑줄을 긋는다. 그렇게 하루, 일주일, 계절을 넘기다보면 언젠가 그가 쓴 드라마의 한 장면이 누군가의 밤을 환하게 밝혀주겠지.

그 장면 뒤 자막에는 꼭 이런 문구가 들어가길 바란다. '이 드라마는 엄마의 국 끓이는 소리와 함께 만들어졌습니다.'

여수의 바닷가에서 식당 일을 하는 제자도 생각난다. 그는 하루종일 불 앞에서 생선을 굽다가 비린내가 잔뜩 밴 앞치마를 벗고 나서야 '드라마작가 지망생'이라는 또다른 자아로 변신했다. 버스를 타고, 다시 기차로 갈아타고, 심지어 "마을버스는 꼭 기사님이랑 수다 떨며 가야 돼요"라고 귀띔까지 해줄 정도로 그 긴 여정을 익숙하게 버텨낸 학생이었다.

회무침 국물 자국이 흐릿하게 번진 대본을 들고 있다가 "죄송해요, 냄새 날 수도 있어요"라며 내밀곤 했다.

언젠가 그가 말했다. "선생님, 식당에서는 아무도 제가 대본 쓰는 줄 몰라요. 갑자기 주인공 대사가 떠올라서 무 썰던 손으로 급히 메모하거든요."

그 말에 나는 웃으며 상상했다. 회무침 레시피 옆에 '그 사람 없인 못 살아'라고 적힌 메모, 간장 뚜껑 위에 써내려간 절절한 명대사.

"혼자만 알고 있는 꿈이라서 더 소중해요. 회무침 옆에 몰래 숨겨둔 내 꿈 같아서요."

　그의 드라마가 방송되면 나는 꼭 여수 그 식당에 찾아가 메뉴판을 보며 장난처럼 말할 거다.
　"여기…… 드라마 잘 쓰는 사람, 아직 계신가요?"
　드라마는 상상으로 쓰는 게 아니라 살아낸 감정으로 쓰는 거라는 사실을 오히려 제자들에게서 배웠다. 그들이 쓴 인물은 결코 허공을 떠돌지 않을 것이다. 먼길을 지나 반드시 누군가의 마음에 닿을 것이다.

　"선생님, 저 작가가 될 수 있을까요?" 교육원에서 제자들을 만나다보면 가장 많이 듣는 질문이다. 그 질문을 들을 때마다 내 마음속에는 늘 두 사람이 싸운다. 한쪽은 지극히 현실적인 나. 다른 한쪽은 조금은 다정한 나. 왜냐하면 말이라는 게 그 사람의 미래를 바꿔버릴 수도 있으니까. 게다가 이 직업이 어떤 결말을 향해 갈지는 진짜 아무도 모른다. 1회부터 '망했다' 싶던 작품이 후반에 기적처럼 명작이 되기도 하고, "얘 진짜 잘 써!" 하고 감탄했던 친구가 2화에서 탈고에 실패하고 조용히 사라지기도 한다.

그래서 나는 용기를 준다. "될 수 있을까요?"라는 질문에 진지하게 말해준다. "그럼요. 물론이죠. 다만 허리와 수면시간은 포기하셔야 할 겁니다."

진심으로 해줄 수 있는 말이 있다면 이거다.
"포기만 하지 않으면, 언젠가 당신만의 장면이 생길 겁니다."
그 장면이 화려한 조명 아래 멋진 클라이맥스는 아닐지 모른다. 누군가의 마음속에 아주 조용히 스며드는 한 줄의 대사로 끝날 수도 있다. 하지만 시청자 한 사람이, 그러다가 세상이 분명히 알아볼 것이다. 그러니까 조금만 더 써보자고, 아무도 안 보는 것 같아도 당신의 이야기를 기다리는 누군가가 분명 어딘가엔 있다고 말해주고 싶다.

지각하고 숨도 못 쉰 채 강의실 문을 조심스레 여는 그 절박함, 수업이 끝난 뒤 "선생님, 잠깐 하나만 여쭤봐도 돼요?" 하더니 한 시간을 통째로 붙드는 열정, 밤새워 써온 대본을 품에 안고 와서는 "이거…… 드라마가 될까요?" 하고 묻는 그 두근거림. 이 길이 얼마나 고된지 모르고 덤비는 순진함, 다 아는 줄 알다가 첫 탈고에서 무너지는 눈빛. 그 모든 순간들을 보면서 나는 내 안의 '첫 마음'을 다시 꺼내본다.

처음엔 순간순간이 모두 설레고 떨렸다. 잘해보자는 걸 떠나서 그냥 해보고 싶다는 절박함이 있었고 굳게 닫힌 문을 두드리는 기도가 있었다. 작은 성과에도 크게 감격하는 순수함이 있었다.

세상은 능숙함을 칭찬하지만, 나는 지금도 그 서툰 간절함 앞에 고개를 숙인다. 그것이야말로 어떤 이야기도 시작하게 만드는 진짜 '첫 문장'이니까. 내가 잊고 있던 첫 마음을 다시 꺼내 쓰면 오랜 습관도, 닳고 닳은 표현도 다시 숨을 쉬게 하는 마법이 된다.

너무 오래 쓰다보면 왜 쓰기 시작했는지 잊게 된다. 나는 그 첫 마음을 잊지 않기 위해 나만의 작은 의식을 치른다. 모니터를 켜기 전에 눈을 감고 나의 처음을 불러낸다. 그때의 공기, 그때의 풍경, 그때의 나를 떠올리고 나에게 묻는다.

"왜 쓰기 시작했지? 무엇이 나를 여기까지 데려왔지?"

그 질문 앞에서 나는 떨리는 마음으로 키보드를 두드린다.

이 글이 누군가의 하루를 조금은 더 단단하게 바꿀 수도 있다
는 걸 다시 한번 믿기 위해서.

절대 절망하지 말아요.
얼음을 뚫고 꽃은 피어나니까.
겨울 장미처럼 아름답게.

– 〈슬플 때 사랑한다〉에서

우리가 함께 꽃피운 한 달의 프랑스

〈태풍의 신부〉는 102부작이었다. 그런데 내 체감으로는 302부작, 스핀오프와 외전까지 낀 느낌이었다. 마지막 회를 넘긴 날 나는 마음속으로 선언했다. '이제 좀 살아보자.'

곧바로 대학시절 절친들과 프랑스 한 달 살기를 계획했다. 처음엔 넷이었다. 느리게 걷고 많이 웃으며 그냥 살아보기로 했다. 그러나 출발도 하기 전에 제목이 바뀌었다.

'소소한 프랑스 우정기'에서 '프렌치 대서사시: 등장인물 열한 명, 스토리 미정'으로.

"어머, 너네 프랑스 간다며? 나도 갈래!" "헐 진짜? 나도 필요했는데, 힐링." "난 로망이야." "지금 아니면 못 가." "그냥 네 옆에 있고 싶어서." 이런저런 이유로 다른 친구들이 합류하게 되었고 그렇게 열한 명이 떠나게 되었다.

2023년 6월 9일. 인천공항을 출발한 비행기가 샤를드골공항에 착륙하는 순간, 우리는 창밖을 보며 동시에 말했다. "우리가 진짜 왔어." 뭔가 특별한 일이 시작될 것 같았고 아무 일 없어도 좋을 것 같았다.

공항에 도착하자마자 렌터카 픽업이라는 여행의 첫 미션이 떨어졌다. 열한 명이 움직여야 하기 때문에 차 두 대를 미리 예약해두었다. 작은 차와 큰 차 한 대씩이었다. 픽업 장소가 바뀌면서 난항이 시작됐지만 다행히 우리에겐 '프랑스어 삼총사'가 있었다. 윤경이는 프랑스 유학파였다. 파리 5구의 향기를 뿜으며 "이건 '세 봉Cʼest bon'이지" 같은 말을 무심히 던진다. 경화와 진숙이는 프랑스어를 사무용 언어로 사용하는 직업을 가졌다. 렌터카 계약서도, 고속도로 이용권도 흘끗 보고는 사인 한 번에 "위, 메르시Oui, merci"로 정리되는 클래스. 이 세 사람이 움직이는 순간, 프랑스는 더이상 낯선 땅이 아니었다.

우여곡절 끝에 도착한 첫번째 숙소, 파리 근교 몽주롱의 웅장한 대문 앞에서 우리는 입을 모아 감탄했다.

"영화 속 저택 같아!"

우리가 묵을 집은 '에어비앤비'로 골랐었는데, 열한 명의 인원으로 가장 먼저 체크한 건 단 하나. "욕실, 몇 개야?" 그래서 자연스럽게 '프랑스 대저택 투어'가 되어버렸다. 덕분에 파리 외곽부터 프로방스까지, 우리는 프랑스 전역의 대저택들을 럭셔리하게 전전했다.

그렇게 들어선 첫번째 대저택은 우리의 설렘을 위해 과거로부터 잠시 깨어난 공간 같았다. 가구는 고풍스럽고 커튼은 묵직하고 벽난로는 비어 있었지만 그 집은 따뜻하게 채워져갔다. 우리의 발소리, 웃음소리, 와인잔 부딪치는 소리, 누군가의 방에서 흘러나오는 음악, 겹쳐지던 수다들로 집은 와글와글 사람 사는 집이 되어갔다.

첫날 밤 우리는 하루 식사에 대한 계획을 세웠다. 아침에는 바게트와 커피로 간단히 먹고 점심은 각자 나간 곳에서 해결하고 저녁은 당번을 정해서 요리를 해 먹기로 했다.

다음 날 아침 일찍 빵을 사러 가는 길, 몽주롱의 골목길은 아직 반쯤 잠든 듯 고요했다. 모퉁이를 돌자 갓 구운 빵의 내음이 풍겨와서 굳이 구글 맵이 필요 없었다. 기다란 바게트를 품에 안고 집으로 가는 길, 순간 내가 프랑스 영화의 한 장면에 들어와 있는 듯했다.

바게트를 팔에 한아름 안고 집으로 들어서자 친구들은 커피를 내리고 사과를 깎는 등 다들 분주했다. 갓 내린 커피와 갓 구운 바게트. 찬란하게 차린 것도 아니었는데 어느 파인다이닝도 부럽지 않을 만큼 완벽한 식사가 되었다.

낮이 되어도 서두를 일이 없었다. 누군가는 조용히 지도를 펼쳐 오늘의 루트를 계획했고, 그 곁에 앉은 누군가는 커피잔을 들고 고개만 끄덕였다.

어떤 날은 정해진 경로를 따라 부지런히 움직였고, 어떤 날은 아무 작정 없이 길을 나섰다. "오늘은 그냥 걷고 싶어." 그 한마디면 충분했다. 집에 있고 싶은 친구는 소파에 몸을 파묻고 책을 읽고 머그잔에 차를 따라 마시며 창밖을 멍하니 바라보았다.

나가고 싶은 친구들은 골목을 누볐다. 시장에서 과일도 사고

이것저것 구경했다. 작은 성당에 우연히 들어갔다가 낯선 합창 소리에 마음을 빼앗기기도 했다.

어떤 날은 둘씩 짝을 지어 나갔고, 어떤 날은 여럿이 무리를 지었고, 또 어떤 날은 혼자만의 여행을 선택했다.

해가 저물 무렵이면 흩어졌던 발걸음들이 하나둘 다시 집으로 모여들었다. 어느 친구는 햇살 가득한 들판을 걷다 돌아왔고, 다른 친구는 오래된 서점에서 발견한 책을 보물처럼 안고 돌아왔고, 또다른 친구는 길을 잘못 들었다가 예상치 못한 정원 카페를 만나 커피 두 잔을 마셨다고 했다. 현관문이 열릴 때마다 "왔어?" "어땠어?"라는 질문에 그날의 풍경들이 스르르 흘러들었다. 돌아온 건 친구들만이 아니었다. 길 위에서 주운 감정, 바람 속에서 들은 마음, 햇살에 데워진 얼굴들까지 함께 들어왔다.

부엌에서는 친구가 저녁을 준비하고 있었다. 그날의 당번이 와인을 열고 촛불에 불을 붙였다. 프라이팬에서 허브 향이 조용히 퍼져나갔다. 어느 날은 시장 채소로 만든 라타투이, 어느 날은 냉장고에 남은 재료로 끓인 소박한 수프. 어느 날은 슈퍼마켓에서 산 돼지고기로 푹 익힌 수육, 한국에서 가져온 양념으로 무친 상큼한 오이무침이었다.

외국의 부엌에서 서로를 돌보는 마음으로 마련한 저녁 식탁. 하루 동안 만나고 온 각자의 프랑스를 식탁 위에 한 장씩 꺼내 놓았다. 다녀온 곳, 느낀 감정, 그리고 소소한 웃음까지 모두 그날의 저녁이 되었고 하루의 이야기들이 익어갔다.

저녁식사가 끝나면 우리는 식탁 위를 정리했다. 한 친구는 빈 잔을 치우고, 다른 친구는 접시를 씻으며 콧노래를 흥얼거렸다. 오래 앉아 있던 의자들이 하나둘 비워지고 각자 저마다의 자리로 옮겨갔다. 그렇게 밤이 되면 우리는 방으로, 거실로, 또 마당 끝 벤치로 흩어졌다.

소파에 몸을 누인 친구는 일기를 꺼내 하루를 써내려갔고, 다락방에 올라간 누군가는 창밖을 바라보며 혼잣말처럼 말했다. "아직도 꿈같아."

불 꺼진 거실 한편, 작은 스탠드 불빛 아래 납작복숭아를 먹으며 두 친구는 얘기를 나누었다. "나 진짜 여기 오길 잘한 것 같아." "응, 나도."

마당 끝 벤치에서 별을 보고 있는 친구들도 있었다.

"저 별은 너다."

"왜?"

"계속 같은 자리에 있잖아. 멀리서도 잘 보여."

아무도 이 시간이 특별하다고 말하지 않았지만, 우리는 알고 있었다. 그 평범했던 밤이 언젠가 가장 그리워질 거라는 것을.

파리에서 부르고뉴, 샤모니, 레만호 근처의 작은 마을 이브아르, 물빛이 깊은 호숫가에서 침묵도 대화처럼 나누었다. 마르세유, 아를, 엑상프로방스, 카시스. 향신료 냄새에 섞인 오후의 뜨거운 공기. 그늘 아래 와인 한 잔, 햇살을 따라 걷던 중 세상의 속도를 잊었던 날들. 툴루즈, 보르도, 낭트, 라볼에 뒤이어 몽생미셸, 도빌, 루앙, 옹플뢰르…… 우리는 머물렀고 걸었고 웃었고 기억했다. 각기 다른 하늘 아래, 각기 다른 언어의 풍경 속에서 우리는 매일 새로운 프랑스를 만나며 우리만의 아침과 낮과 저녁을 채워나갔다. 그 한 달 동안 프랑스는 한 나라가 아니라 함께 살았던 또 하나의 계절이었다.

발 닿는 곳에 문제가 생길 때면 집단지성을 발휘했다. 지도가 엉뚱한 길을 알려줄 때도, 주차가 불가능한 숙소 앞에 도착했을 때도, 도착한 집이 계약 내용과 전혀 다른 집이었을 때도, 식당 예약이 꼬였을 때도 누군가는 구글을 뒤지고, 누군가는 전화기를 붙잡았다. 그리고 서로 웃으며 말했다. "괜찮아. 우리니까 다 돼." 우리는 이해하고 배려하고 기꺼이 기다렸다. 그래서 문제가 '문제답게' 끝나는 일이 드물었다. 대화가 있었고 유연함이 있었고 '내가 옳다'보다 '우리는 괜찮아'라는 마음이 있었다.

그렇게 우리는 누구도 다그치지 않고, 누구도 소외되지 않는 방식으로 하루하루를 사뿐사뿐 건너갔다.

프랑스 한 달 여행을 마치고 돌아오자 많은 이들이 물었다. "열한 명이 한집에서 한 달을? 안 싸웠어?" 우리는 웃으며 대답했다. "한 번도 안 싸웠어." 그러면 또 묻는다. "정말로? 어떻게 그게 가능해?"

한 달 동안 우리는 하나의 집에서, 하나의 풍경 아래, 서로를 단단히 믿고 굳게 기대며 같은 계절을 통과했다. 싸움이 없었다는 것은, 모든 상황이 순조롭기만 했다는 뜻이 아니다. 서로가 서로에게, 좋지 않은 순간마저도 따뜻하게 지나가게 해준 사람들이었다는 뜻이다. 누구 하나가 흐트러져도 그걸 탓하거나 고치려 하지 않았다. 대신 그 사람의 방식을 지켜주었다. 이해하려 애쓰기보다는 있는 그대로 받아들였고, 불편을 감수하기보다는 자연스럽게 맞춰갔다. 그건 어떤 기술도, 계획도 아니었다.

서로를 믿었기 때문에 가능했던 일이었다. 내가 먼저 기분이 상하지 않을 거라 믿었고, 저 사람이 먼저 나를 다치게 하지 않을 거라 믿었다. 그래서 마음이 닫히기 전에 누구도 문고리를 걸지 않았다. 그 믿음 하나로 우리는 프랑스에서의 한 달을 인생 최고의 시간들로 채워나갔다.

한국에 돌아온 뒤, 각자의 자리로 돌아간 열한 명은 각자의 속도로 일상을 살아내고 있다. 가끔 아주 깊은 새벽에 프랑스 집의 다정했던 식탁이 생각날 때가 있다. 와인을 따르던 손, 와르르 쏟아내던 웃음, 창밖을 바라보던 눈빛, 서로 다른 이야기를 가진 사람들이 한 지붕 아래 모여 하루의 소음을 나누고 귀 기울이던 그 시간이.

이제 다시 열한 명이 한 달 동안이나 한집에 모여 살 수 있을까? 일정 맞추는 데 한 달, 장소 고르느라 두 달, 상황 맞추기 힘들어 석 달, 그렇게 세월만 흘러갈 것이다.

그래서 프랑스에서의 한 달은 더욱 소중하다. 불가능에 가까웠기에 기적이었다. 그때의 우리는 정말 대단했다. 그 한 달은 프랑스를 여행한 기억이 아니라 한 계절을 살아낸 이야기였다.

너무 오래 머물지 않아서 더 오래 마음에 남은, 잠깐 피었다가 조용히 져버린 우리만의 프랑스.

그 계절의 프랑스는 아직도 거기 있을까?

3 부

오늘은 그냥 이렇게 행복합시다.
아무 걱정 없이
그냥 이렇게, 미소 지으면서.

- 〈슬플 때 사랑한다〉에서

작가들의 "라테는 말이야"

책장을 정리하다가 한 귀퉁이에서 오래된 원고지를 발견했다. 내 이름 석 자가 단정히 인쇄된, 세상에 단 하나뿐인 '나만의 원고지'였다.

내가 첫 소설을 냈던 당시에는 작가의 자존심이 원고지에서 나왔다. 인쇄소에서 내 이름 박힌 종이 뭉치를 품에 안고 나오면 진짜 작가가 된 것 같은 기분에 뿌듯해졌다.

그 원고지에 손가락 관절이 비명을 지를 때까지 펜을 쥐고 쓰고 쓰고 또 썼다. 펜의 잉크는 바닥나고 펜을 틀어쥐었던 손가락은 작가의 습관에 따라 휘어졌다. 어떤 작가는 세번째 손가락 안쪽이 뭉툭하고, 어떤 작가는 두번째 손가락 바깥 부분이 휘었다. 나 역시 예외는 아니다. 오른쪽 중지 윗부분에 굳은살이 있고 그 아래가 살짝 패어 있는데 이 손가락이 유난히 뚱뚱해 보인다. 내가 작가 손가락이라고 애정 담아 불렀던, 늘 잉크가 묻어 있던 나만의 뚱뚱이. 다 몰라줘도 그 손가락은 안다. 내가 얼마나 썼는지.

작가 손가락에 시간의 흔적을 새기며 한 칸 한 칸 정직하게 문장을 쌓아갔다. 종이의 결을 따라 마음이 흘렀고, 펜 끝에서는 가장 내밀한 생각들이 잉크처럼 번져나왔다. 손으로 쓰는 글에는 지우는 것도, 고치는 것도 흔적이 남았다. 고쳐 쓴 줄을 따라 수많은 망설임이 보였고, 빼곡하게 채운 한 장에는 버텨낸 하루가 담겨 있었다.

만년필로 쓰는 작가도 있고 연필로 쓰는 작가도 있었다. 연필로 쓰면 지우개로 지울 수 있지만, 나는 만년필, 그중에서도 '로트링 아트펜'의 EF 굵기 만년필을 즐겨 사용했다. 글씨가 종이를 적시는 첫 순간, 잉크가 종이에 고요히 스며들며 문장이 몸을 얻는다. 사각사각, 펜이 다녀간 자리마다 피어나는 문장. 나는 그 느낌을 사랑했다. 글이 아니라 마음을 적는 일 같아서.

시인 파블로 네루다는 녹색 잉크를 즐겨 사용했다지만 나는 파란색, 정확히 말하면 짙고 깊은 네이비를 좋아했다. 그 색은 내 고향 제주 바다의 색과 닮아 있었다. 햇살에 반짝이는 얕은 물빛이 아니라 수평선 너머로 번지는 깊고 고요한 코발트 네이비, 그 푸름이 글자로 새겨질 때면 원고지에 파도 소리가 들리기 시작했다. 그리고 어린 시절의 내가 어김없이 호출되었다. 어린 나는 바다를 마주보고 앉아 두 손으로 세계명작소설을 펼치고 있다. 글자가 파도처럼 밀려오고 이야기가 가슴으로 들어온다. 그렇게 나는 원고지에 제주 바다색 글자를 쓰며 세상과 처음 말을 나누던 소녀를, 이야기를 처음으로 사랑하게 되었던 순간을 불러들이곤 했다.

처음엔 한 글자 한 글자 또박또박 쓴다. 그러나 속도를 내기 시작하면 펜이 마음보다 먼저 달리기 시작하고 손은 펜을 쫓아 거의 육상선수처럼 뛴다. 원고가 끝나고 나면 종종 이런 상황을 마주한다.

"이게 뭐라고 쓴 거지? (내 글씨를 내가 왜 읽지를 못하니?)"

며칠 후 편집자에게서 전화가 온다.

"작가님, 이 대목에서 '그는 문을 열었다'라고 쓰신 건가요, 아니면 '그는 무너졌다'인가요?"

민망하게 웃으며 "'열었다'예요"라고 대답하면 편집자는 짧은 침묵 후 이렇게 말한다.

"아…… 다행입니다. 저희 쪽에선 '고라니가 울었다'로 읽힌다는 의견도 있었거든요."

그 시절엔 유명 작가마다 전담 '필체 해독자'가 있었다고 한다. 종이 위를 질주한 초서체, 흘림체, 암호 수준의 문자들을 촉으로 해석해내던 베테랑들이다. 다른 사람이 보기엔 분노한 지렁이가 격하게 기어다닌 자국 같으나 해독자의 손에서는 단어가 꺼내지고 심지어 쉼표까지 발굴되었다.

그 가운데서도 '박 과장님'의 일화는 지금도 전설처럼 전해진다. 어느 날, 한 대작가의 원고가 편집부에 도착했다. 직원들은 원고를 들여다보며 갸웃거렸다.

"이거 혹시 아랍어인가요?"

"아뇨. 뭔가 파동 같은데요? 뇌파일까요?"

모두가 포기하려던 그때, 마침내 전설의 해독자이자 '글자 무당' 박 과장님이 등장했다. 그는 무심히 커피 한 잔을 들고 원고를 펼쳤다. 오 초간의 정적, 그리고 이렇게 말했다.

"아, 이거요? '그는 그날을 잊지 못했다'네요."

모두가 감탄하며 물었다. "대체 어떻게요?"

그는 담담하게 말했다. "작가님이 '못' 자를 쓸 때 지렁이가 두 번 꼬불거립니다."

그 말을 들은 신입사원은 감탄과 함께 메모했다. '못=지렁이 2회 이상 꼬임.' 그날 이후, 직원들 사이에선 '필체가 어렵다=박 과장을 호출하라'라는 일종의 SOS 코드가 정착했더란다.

문학은 작가의 손끝에서 시작되었지만, 세상에 온전히 태어나기까지 보이지 않는 해독자의 눈과 손길이 필요했다. 그 시대 문학이 유난히도 풍성했던 건 그들의 '읽는 힘' 덕분이었는지도 모른다.

그 시절에는 작가들이 원고를 무사히 건네주는 것도 보통 힘든 일이 아니었다. 요즘처럼 '전송' 버튼 하나로 원고를 날려보내는 시대가 아니었다. 손으로 쓴 원고를 몸으로 옮겼다. 직접 들고 가서 출판사나 방송국에 '전달'해야 했던 것이다. 출판사나 신문사, 방송국으로 원고가 든 가방을 들고 가는 길에는 오로지 한 가지 걱정만 했다. '잃어버리면 끝장이다. 잘 전하자.'

그 당시의 나는 부산-서울 간 원고 배달부이자 학교 선생님이었다. 한 달 치의 라디오 일일드라마 원고 뭉치를 보따리에 싸 들고 비행기와 택시를 타며 원고를 전달했다. 비가 갑자기 쏟아지는 날이면 나는 젖어도 괜찮지만 원고만은 젖지 않게 하려고 옷을 벗어 원고를 감싸고 비바람 속을 전력질주했다. 지하철에서 누가 밀기라도 하면 "아이구, 내 원고!" 하고 반사적으로 외치며 어떤 생명체라도 껴안은 듯 가슴팍에 원고를 품었다.

그때 같이 활동했던 작가들끼리 모이면 빠지지 않는 코너가 있다. 바로 '그 시절 원고 배달 대소동'. 눈물겹고도 웃긴 이야기들이 한 박자 쉬고 터진다.

어느 작가는 매일 아침 방송원고를 출근하는 옆집 아저씨에게 부탁했다. 그 아저씨는 회사 출근길에 자연스럽게 여의도 방송국에 들러 원고를 전달하고 다시 출근했단다. 그분의 직함이 회사에서는 과장님이었겠지만 작가 세계에서는 단연코 '프리미엄 등급 원고 메신저'였다.

또 어느 작가는 남편을 전속 택배기사로 등극시켰다. 남편은 늘 큰소리쳤다고 한다. "원고료 절반은 내 거야. 내가 안 전해주면 방송 펑크야."

이런 전설도 들었다. 지방에 사는 어느 원로 작가는 신문에 소설을 연재하고 있을 때, 매일 시외버스터미널에 가서 그날 처음 본 사람에게 원고를 건넸다. "이걸 ○○일보에 전해주세요." 놀라운 건 단 한 번도 그 원고가 분실된 적이 없었다는 것이다. 때로는 단골 국밥집 사장님이, 때로는 카페 종업원이 원고 배달원이 되어주었고 그들의 손을 거쳐 글은 무사히 어김없이 목적지에 닿았다.

이메일은커녕 팩스도 없던 시절, 복사본이라는 것도 귀했고 잃어버리면 그 원고와의 재회는 다음 생에나 가능하던 시절이었다. 그래서 한 장 한 장이 유일했고 절실했다. 그런데 참 이상하게도 누군가에게 맡기면 그 글은 어김없이, 빠짐없이, 틀림없이 도착했다. 생전 처음 본 사람에게 "이거, ○○사에 좀 전해주세요" 하고 건네면, 그 사람은 사명을 띤 아주 심오한 얼굴로 그 원고를 꼬옥 쥐고 떠났다.

물론 속도는 지금보다 한참 느렸다. 걷고, 기다리고, 또 걷는 시대. 하지만 그 느린 길 위에는 신뢰가 풀 옵션으로 탑재되어 있었다. 확인 문자도 택배 운송장도 없이 글이 사람 손에서 사람 손으로, 마음에서 마음으로 흘러갔다. 작가들은 사람을 믿었고, 사람들은 글을 지켜주었다.

그때의 원고는 작가 혼자 쓰지 않았다. 그 문장이 세상에 닿기까지 수많은 손이 함께 일했다. 작가는 손으로 쓰고, 마을은 그것을 함께 옮겼다.

그후 시간이 흘러 세상에 컴퓨터가 처음 나왔을 때 나는 탄성을 질렀다. 이건 작가를 위해 신이 내린 기계다. 수정하기, 문장 순서 바꾸기, 드래그해서 중간에 끼워넣기, 복사하고 붙여넣기…… 내 마음대로 된다. 세상에, 이제 원고지 수십 장을 구겨서 쓰레기통에 농구 슛을 안 해도 된다니! 빨간 펜 들고 동그라미, 별표, 화살표, 수정 부호를 적느라 전투를 벌일 필요가 없어졌다. 삭제도 부드럽고 붙여넣기도 친절하며 무엇보다 내 글씨를 내가 읽을 수 있었다. 이것은 혁명이다! 나는 감격에 차서 컴퓨터 앞에서 박수를 쳤다.

이전보다 훨씬 빠르게, 훨씬 더 많이 쓸 수 있게 되었다. 지우고 고치고 덜컥 마음이 바뀌면 순서를 통째로 뒤집고. 마감 이틀 전에도 이건 아니다 싶으면 처음부터 다시 쓸 수도 있게 됐다. 모든 것이 편해졌다. 더이상 종이 위에서 펜으로 싸우지 않아도 되었다. 컴퓨터와 부드럽게 협상하며 커서 하나로 글을 재조립할 수 있게 되었으니까. 이건 분명 작가에게 펼쳐진 문명적인 마법 세계였다.

그럼에도 불구하고 손으로 쓰고 싶어질 때가 있다. 정리가 안 돼서 손으로 쓰는 순간, 펜 끝이 머뭇거리고 한 문장을 쓰다 말고 가만히 멈추게 되는 순간, 그건 자판에선 느낄 수 없는 묘한 숨결 같은 것이다. 나보다 먼저 내 안의 어떤 기억이 문장을 쓰고 있는 듯한 기분. 눌러 써야만 드러나는 마음이다.

원고가 전해지는 과정도 참 편해졌다. 밤을 꼬박 새운 원고를 메일에 첨부하고 '보내기' 버튼 하나면 순식간에 세상 끝까지 닿는다. 정확하고 빠르다. 편리하고 효율적이다. 그런데 가끔은 그립다. 문장 하나가 종이 위에 천천히 적히고, 두 손에 들리고, 누군가의 품을 거쳐 다른 누군가에게 전해지던 그 느릿하고 정겨운 시간이.

그 시절의 문장은 사람을 거쳐야만 도착했다. 요즘 글은 빛의 속도로 이동하지만, 그 시절의 글은 사람의 체온을 타고 움직였다. 그 손길은 하나의 진심이 되어 글을 감쌌다.

나는 글이 빠르게 써지길 바란다. 머뭇거리지 않고 단어들이 스스로 길을 찾아가길 바란다. 하지만 그럴수록 더 조심스럽게 더 천천히 방향을 챙기려 한다. 마음은 대개 글의 속도보다 늦게 온다. 숨을 고르고 천천히 도착한다. 그래서 나는 빠르게 글이 써지는 날일수록 쉼표를 찍듯 손끝을 멈춘다.

단어를 쌓되 조급하지 않게, 문장을 다듬되 성급하지 않게. 빨라진 세상 속에서도 마음만은 여전히 천천히 따라가기를, 그 걸음이 뜻을 잃지 않기를 바라면서.

더이상 드라마를 즐길 수 없다

드라마는 내게 소파 위의 황홀한 유희였다.

"와, 이 대사 어떻게 썼대?" "헐, 여기서 이렇게 흘러가네?" "이 장면 너무 좋다. 이건 진짜 지장해야 돼."

눈물도 찔끔찔끔 흘리고 OST를 따라 부르며 혼자 감정이입하고. 그야말로 순도 100퍼센트의 시청자였다. 드라마는 나에게 위로였고 휴식이었고, 가끔은 미래의 나에게 보내는 러브레터 같았다. 작가가 되기 전에는.

그런데 드라마 쓰는 직업을 갖고 나서 모든 것이 바뀌었다.

"와, 이 대사 어떻게 썼대?"에서 "음, 저건 3회 대사인데 좀 빠르다. 시퀀스를 이렇게 조정했네?"로.

"이 장면 너무 좋다"에서 "감독님 연출 좋다. 이 카메라 무빙 뭐지? 여기 인서트 몇 초야, 음악 큐는 어디서 들어간 거야?"로.

소파에 눕기는커녕 구도하는 자세로 드라마를 본다. 무릎 꿇고 앉아 몸을 살짝 앞으로 기울이고, 가슴엔 노트, 한쪽 손엔 리모컨, 눈은 정면. 완벽한 몰입 자세. 거의 예불이다. 수도승의 자세로 정지, 되감기, 프레임 캡처, 대사 타이밍 체크에만 집중한다. 어떤 때는 "이 곡, 휘몰아칠 때 썼네. 아악, 그럼 클라이맥스에 전조가 없잖아"라는 말을 하느라 OST를 들어도 감동이 안 온다.

작가가 되고 난 뒤, 내 안에 시청자는 사라졌다. 대신 한 명의 'PD', 한 명의 '편성국장', 그리고 열 명의 '초고 수정 팀장'이 입주해버렸다. '2회 초반에 저건 너무 센데요, 시청자는 이 인물의 정서 못 따라갑니다.' 사람은 하나인데 자아가 셋이라 자기들끼리 내부회의까지 연다.

이쯤 되면 작품을 감상하는 게 아니라 심사하는 거다. 손가락을 아예 리모콘 일시정지 버튼 위에 두고 드라마를 본다.

게다가 나는 책까지 펴내는 작가다. 순수한 감상의 즐거움을 빼앗긴 것은 책에서도 마찬가지였다. 소설을 쓰고 에세이를 내기 시작하면서 독자로서의 즐거움도 잃어버렸다.

예전엔 소설의 페이지를 넘기며 마냥 설레었다. 등장인물에게 빠져서 밤새도록 읽고 또 읽으며 '이건 내 이야기야!' 하고 울었는데, 이젠 다르다. 책을 펼치고 처음엔 그냥 읽으려 한다. 하지만 문장을 보면서 '문장은 좋은데 구성이 아쉽네. 후반부 클라이맥스에서 감정선을 어떻게 이어가려고?'를 고민하고, 캐릭터가 매력 있으면 '이건 드라마화 가능성 있겠다. 판권 있나?'를 궁금해한다. 심지어 진지한 독백에서조차 '이건 문장력이 아니라 리듬감이 문제네. 비유를 어디까지 끌어 썼지?' 하며 분석해버린다.

그렇게 나는 작가가 되고 나서 '읽는' 즐거움도, '보는' 즐거움도 고이 반납했다. 더는 가볍게 웃거나 편하게 울 수 없게 되었다. 더이상 읽는 사람이 아니라 업계 사람이 되어 있었다.

책 한 권을 들고 마냥 행복해했던 내 안의 독자는 언제 사라졌을까. 한 편의 드라마에 울고 웃던 내 안의 시청자는 도대체 어디 갔을까.

거기까지는 그래도 좋다. 멈추고 메모하고 분석해도, 적어도 내 정신을 찌르지는 않으니까. 하지만 진짜 시련은 이때다. 정말 좋은 작품, 뭐라고 일언반구 얹을 수 없는 작품을 보았을 때.

드라마 〈나의 아저씨〉를 보던 무렵, 나는 한참 글에 지쳐 있는 상태였다. 인물은 움직이지 않고, 대사는 자꾸 벽에 부딪혔다. 큰 기대 없이 〈나의 아저씨〉를 보기 시작했다. 분위기가 좋았다. 대사가 깊었다. 그런데 어느 순간 나는 손에 들린 노트를 내려놓고 있었다. 분석을 잊은 채 화면 속 인물들을 캐릭터가 아닌 사람 자체로 바라보고 있었다. 작가인 내가 드디어 시청자가 된 순간이었다.

이 드라마를 보면서 '사람을 쓰는 일'이 얼마나 조심스러운 일인지 깨달았다. 무너지는 사람을 드라마틱하게 만들지 않고 끝까지 살아 있는 사람으로 남겨주는 일. 그건 아무나 할 수 없는 일이었다. 작가로서 질문을 받은 기분이었다. '당신은 지금 쓰고 있는 인물을 진심으로 사랑하고 있냐'라고.

처음엔 감탄이었는데 오 분 지나면서 비교가 되고, 십 분 지나면서 정신이 내 머리를 조아렸다. 그 자리에 남은 건 심신이 탈탈 털린 직업인 한 명이었다. 세상에 나보다 잘 쓰는 사람이 왜 이렇게 많지? 작가가 된 후에 시청자나 독자의 즐거움을 뺏긴 것은 둘째치고, 내 정신에 가장 큰 타격을 주는 것은 이 열등감이었다.

아름다운 작품을 보려면 언제나 약간의 통증과 함께 일종의 세금을 납부해야 했다. 책을 읽을 때도, 드라마를 볼 때도 머릿속으로는 항상 고지서를 받고 있다. "이 장면 너무 잘 썼다" 하고 '감동' 소득이 생기면 '자기 비교'세를 납부해야 했고, "이 신 미쳤다" 하고 '놀입' 소득이 생기면 '리라이팅'세가 발생했다. 반대로 가슴에 하나도 와닿지 않는 '무감동' 소득을 얻어버리면 분석 보고서를 제출해야 했다.

그런데 '나는 저렇게는 못 쓴다'라는 깨달음과 절망 속에서 아주 작은 씨앗이 움을 틔웠다. 자기 언어를 찾아야만 살아남을 수 있는 고통의 씨앗. 그 씨앗은 울지 않고는 쓰지 못하고, 쓰지 않고는 견디지 못하는 사람의 마음에 고개를 들었다.

<나의 아저씨>를 보면서 처음엔 이상한 감정이 들었다. 대사가 절제되어 있었다. 움직임이 크지 않았다. 사건도 크게 터지지 않았다. 그런데도 나는 자꾸 멈춰야 했다. 분석 때문도 감탄 때문도 아닌, 슬픔 때문이었다. 정확히는 미뤄진 슬픔. 작가는 주인공 '지안'도, 시청자도 울고 싶다고 울게 하지 않았다. 그저 조용히 우는 사람 옆에서 그를 오래 바라봐주게 했다.

그후로 나는 이야기를 '끌고 가는 인물'보다 '버티고 있는 인물'을 먼저 보게 되었다. 줄거리를 설계하기 전에 그 사람이 지금 무슨 마음으로 하루를 견디고 있는지 먼저 상상해보는 습관이 생겼다. 전에는 이 인물이 다음 회에서 뭘 할지가 중요했었다면, 이젠 이 사람이 오늘 하루를 무사히 넘길 수 있을지가 더 중요해졌다. 마음이 약한 인물을 쓰고 싶어졌다. 겁이 많고 사람들 틈에서 자꾸만 뒷걸음질치는 인물. 그 사람이 사람답게, 절망 대신 존엄을 안고 살아가게 해주고 싶다.

한때는 극적인 인물, 강한 욕망을 가진 캐릭터를 써야 드라마가 된다고 믿었다. 하지만 지금은 안다. 살아남고 싶은 사람이 그냥 살아내는 이야기야말로 가장 드라마틱할 수 있다는 것을.

내가 쓰는 드라마 속에서 한 사람쯤은 끝까지 '포기당하지' 않았으면 좋겠다. 이건 드라마를 잘 쓰고 싶다는 욕심이 아니라 '사람'을 제대로 쓰고 싶다는 마음이다.

열등감은 때때로 가장 날카로운 펜이 된다. 누군가의 문장을 읽고 누군가의 장면을 보고 가슴이 뻐근해질 때 그 고통은 질투가 아니라 쓰지 않으면 견딜 수 없는 몸의 신호가 된다. 이건 작가를 그림자처럼 따라다니는 감정이지만, 그림자는 빛이 있어야만 생기는 존재다. 그러니까 그림자가 내 곁에 있다는 건 여전히 내가 빛을 향해 쓰고 있다는 증거다.

나는 자주 스스로를 작다고 느꼈다. 내 문장은 누추하고, 내 이야기는 너무 평범하다고 생각했다. 그래서 쓸 자격이 없다고 생각했지만 그 열등감이 결국 나를 쓰게 했다. 나는 완벽하지 않아서 썼다. 아프기 때문에 썼다. 넘어졌을 때만 보이는 것들을 기록하기 위해 썼다. 쓰는 일은 늘 나의 가장 약한 부분에서 시작되었다. 열등감은 나를 꺾지 않았다. 오히려 나를 꺾이지 않게 만들었다. 나는 살아남기 위해 썼다.

작가는 늘 누군가를 부러워하며 걷는다. 더 잘 쓰는 이들 앞에 멈춰 서기도 하고, 길을 잃기도 한다. 그러면서도 자신만의 걷는 방식을 만들어간다. 좋은 작품을 만나면 심장이 두근거리고 가슴이 뜨거워진다. 그리고 속으로 중얼거린다.

'나도 다시 써봐야지.'

기어이 또 자판 앞에 앉는다. 질투도, 감탄도, 열등감도 이제는 익숙한 연료다. 아프지만 그 고통이 결국 다시 쓰게 하는 힘이 된다.

차가운 벽에도 담쟁이는 올라간다

드라마작가로 살게 되면서 내 인생도 드라마틱해졌다. 신경은 매일 곤두섰고, 기승전결은 주로 전개 단계에서 파열됐다. 바닥을 찍었다고 생각했는데 그 아래엔 지하 1층, 지하 2층, 지하철 승강장을 지나 지하 핵 벙커가 대기중이었다. 그 깊은 밑바닥에서 마주한 것은 대체로 뜻밖의 결말을 맞이한 내 작품이었다. "작가님, 이번 작품은 편성이 조금 어렵게 됐어요."

드라마는 혼자 쓸 수 있지만 방송은 절대 혼자 못 한다. 나는 항상 먼저 고백했다. 기획의도를 쓰고 등장인물을 구성한 뒤 줄거리를 쓰고 '나 이 이야기에 이만큼 진심이야' 하고 제안서를 냈다. 그런데 답이 없었다. 회전문 안에서 혼자 도는 느낌에 빠졌다.

때로는 구체적인 거절도 받았다. "여주인공이 너무 약한 것 같아요." "이 소재는 이미 누가 선점했어요." "어두운 건 좀 부담스럽대요." 그래서 수정해서 다시 내면 "초고가 더 좋았던 것 같아요"라는 말이 돌아올 때도 있었다.

그래도 또 썼다. 해본 적도 없는 살벌한 복수극, 내가 감당 못할 재벌가 이야기를 시도했다. 이유는 단 하나, 쌍방이 될지도 몰라서.

그런데 이번에는 이런다. "너무 세요." "호불호가 강해요." "이야기는 좋은데, 우리 쪽에선 못 해요." 도대체 어떤 이야기를 원하는 걸까. 있을 법하지만 신선하고, 신선하지만 튀지 않고, 튀지 않지만 대중적이고, 대중적이면서도 강렬한…… 그런 드라마? 그런데 그건 어디에서 사나요. 대답 없는 노크에 손이 다치고 심장이 딱딱해져갔다.

가끔은 스스로에게 질문을 던졌다. '나 진짜 이 일을 사랑하긴 하는 걸까?' 가슴을 세차게 뛰게 했던 드라마. 하지만 동시에 나를 가장 지치게 하고 소진시켜 바닥까지 끌고 간 것도 역시 드라마였다. 사랑이 끝났는데 다른 곳으로 이사는 못 가고 짐도 못 버린 전 애인 같았다. 진심으로 생각했다. 이제는 보내 줘야 할 때라고.

그러던 어느 날, 아버지가 우리집에 오셨다. 남편의 사업 실패로 어려운 집안 사정까지 얹어져 내 무릎이 푹 꺾이기 직전이었다. 부모님은 자식이 요즘 어떤 상태인지 말 한마디 없어도 기가 막히게 알아차린다. 아버지의 레이더에 나는 이미 포착되어 있었다.

아버지는 "산책이나 하자"라고 하셨다. 나는 아버지를 따라 섰으나. 말없이 걷던 아버지는 어느 골목 어귀에서 멈춰 섰다. 그러고는 벽을 타고 오르는 담쟁이를 바라보며 말씀하셨다.
"담쟁이도 올라가기 쉬운 거 아니다. 그래도 버티고 버티면 올라간다. 그럼 나중엔 좀 쉬워져."

그 말만 남기고 아버지는 다시 뒷짐 지고 유유히 걸어가셨다. 나는 그 자리에 멍하니 서 있었다. 아버지를 실망시킨 딸이 된 것 같아 쉽게 발이 떨어지지 않았다.

아버지는 셋째 딸인 나를 유난히 예뻐하셨다. 가족이 모두 모인 자리에서 종종 말씀하셨다. "나는 정림이에게 기대를 걸고 있다." '아버지가 기대를 거는 딸'은 가족들 사이에서 내 이름 앞에 붙는 설명이 되었다.

어릴 땐 그 말이 자랑스러웠다. 내가 특별하다는 증거 같았고 '아버지는 내 편'이라는 든든한 방패 같았다. 하지만 시간이 흐르며 그 말은 조금씩 무게를 갖기 시작했다. 잘해야 할 것 같았고, 넘어져도 혼자 일어나야 할 것 같았고, 실망시키면 안 될 것 같았다. 어느 날부턴가 나는 '기대'라는 말 앞에서 자꾸만 숨을 고르게 됐다.

아버지는 내가 학자가 되기를 바라셨다. 책상 앞에 앉아 있기를 좋아하는 나를 보며 '얘는 학자 감'이라고 생각하셨던 것 같다. 나는 그 기대를 결국 이루지 못했다.

〈약속〉을 쓰고 있을 무렵, 아버지는 자서전을 내시고 출판기념회를 열어 마을 어르신들을 잔뜩 초대하셨다. 그날 아버지는 우리 형제자매들을 일렬로 쭉 세워놓고 한 명 한 명 어르신들에게 자랑이 들어간 소개를 하셨다. "막내딸은 박사학위 받고 대학교수로 임용됐어요." "작은아들은 서울서 사업 크게 합니다."

“사위는 법학박사예요.”

맨 끝에 있던 내 차례가 되었다. 아버지는 나를 한 번 힐끔 보시더니 툭 말씀하셨다. “드라마 쓰는 딸입니다. 〈약속〉인지 뭔지 요즘 방송 나오는 모양인데…….”

그런데 아버지의 말이 끝나기도 전에 어르신들 사이에서 “우와!” 하는 탄성과 박수가 터졌다. “그거 우리집에서 매일 봐!” “맨날 울면서 봐. 눈물 좀 그만 흘리게 해줘.” 그러고는 질문이 쏟아졌다. “은수(여주인공) 결국 결혼하나?” “그 사장 아들 나쁜 놈 아니지?”

뜨거운 반응에 나보다 아버지가 더 놀라신 듯했다. 그날 아버지는 집에 오셔서 나에게 밀씀히 셨다. “네가 선택한 길이니 열심히 해봐.” 그 말은 ‘너는 틀렸다’가 아니라 ‘너대로 가도 괜찮다’는 허락처럼 들렸다.

그날 이후 속으로 몇 번이고 다짐했다. ‘성공한 드라마 한 편은 꼭 아버지께 보여드려야겠다.’ 그 다짐 하나 붙잡고 악착같이 썼다. 병원에서 링거를 꽂은 채로 원고를 썼고, 몸을 가눌 수 없는 날에도 키보드를 향해 몸을 비틀었다.

하지만 드라마를 향한 짝사랑은 쉽게 답해주지 않았다. 어떤 날에는 사랑 같았고, 어떤 날에는 악몽 같았다. 내가 쓴 장면이 누군가를 울릴 땐 뿌듯했고, 링거 투혼으로 쓴 원고의 고료가 입금되지 않은 최악의 사태까지 겪었을 땐 모든 게 헛것처럼 느껴졌다. 도와주는 이 하나 없는 것 같아 사무치게 외로웠고 사랑하는 마음으로 뛰어든 일터가 두려움이 들끓는 적진이 되어 있었다.

내 인생 최악의 터널을 지나가던 때에 아버지마저 돌아가셨다. '이젠 그만두자. 진짜 이번엔 그만하자.' 무너진 자리에서 일어나고 싶지 않았다.

장례를 치르고 돌아와 고향 집 아버지 방에 누웠다. 깜빡 잠이 들었을까. 아버지가 꿈에 오셨다. 언제나처럼 한결같은 저음의 그 톤, 근엄한 그 표정으로 말씀하셨다.

"왜 그렇게 나약해빠졌어? 네가 하고 싶다고 우기던 일 아니었냐? 그럼 끝까지 해봐야지. 왜 벌써 주저앉아?"

아버지 특유의 논리는 항상 반박불가였다. 꿈에서도 예외는 없었다.

서울로 돌아와 아버지 없는 날들을 견뎠다. 낙엽 지는 거리에서 눈물을 참 많이도 흘렸다. 슬프다는 감정보다 눈물이 먼저 차오르는 경험을 수없이 했다. 내 안의 물기가 다 눈물로 빠져나가는 기분이었다. 걷다가 눈물이 너무 나서 멈추었던 적도 많았다. 차를 운전하는 건 생각하지도 못했다. 눈물의 습격을 언제 받을지 몰라서였다.

그날도 혼자 골목길을 걸었다. 전에 아버지와 함께 걷던 길로 나도 모르게 들어섰다. 그리고 아버지가 멈췄던 바로 그 지점에서 발길이 멈춰졌다. 늦가을 바람에 담쟁이 잎사귀들이 몸을 뒤척이며 삶의 비늘들을 떨구고 있었다. 담쟁이넝쿨들이 벽을 타고 흐드러졌던 그 자리가 이미 듬성듬성 비어 있었다. 벽 안에 꼭꼭 숨어 있던 담쟁이의 '발'이 보였다. 작고 여린 발들이 차가운 시멘트 벽에 온 힘으로 달라붙어 있었다. 떨어지지 않으려는 필사적인 의지로 벌어질 듯 말 듯한 틈을 붙들고 또 붙들며 그들은 묵묵히, 그러나 간절하게 벽을 기어오르고 있었다.
"아……" 한숨인지 탄성인지 모를 소리가 새어나왔다.
'저 작은 담쟁이도 살겠다고 저렇게 버티고 있는데, 나는 겨우 이 정도 아픔 앞에 주저앉으려 했구나.'

아버지가 왜 그날 산책을 제안하셨는지, 왜 담쟁이넝쿨이 담을 타고 오르던 오래된 골목을 걸으셨는지, 왜 그 자리에서 한참을 말없이 계셨는지 그제야 알 것 같았다. 아버지가 풍경으로 건넸던 조용한 충고였다.

"차가운 벽에도 담쟁이는 올라간다. 미끄러지고 또 다쳐도 발을 뗄 줄 모르는 식물처럼 살아라. 느려도 괜찮다. 포기하지 않는 게 결국 옳은 방향이다." 아버지의 목소리가 들려오는 듯했다.

아버지는 비록 세상에 안 계시지만 정말 떠나신 건 아니다. 내 안에 좀더 깊숙이, 내 고집과 눈물과 불안의 틈에 단단히 자리잡고 계신다. 그래서 포기하고 싶을 때면 뒤에서 살짝 등을 밀어주시고, 세상이 차가워지면 마음 한편에 난로 하나 지펴주신다. "내 딸이 또 지쳤네"라는, 약간의 타박을 품은 온기지만 그래도 따뜻하다. 그 응원 덕에 나는 또 한 줄 이야기를 이어갈 수 있다.

어쩌면 아버지는 내 인생의 '코멘터리 트랙' 같은 존재가 되신 걸지도 모른다. 내 인생의 무대 앞 객석에 언제나 아버지가 앉아

계신다. 그러다 꼭 필요한 순간에 나와 짧고 강렬하게 한마디하
신다.

"그 정도로 포기할 거냐?"

나는 분명하게 대답한다. "아뇨, 아빠 딸 이 정도로 안 무너
져요." 그러고 등을 펴고 어깨를 세운다.

'아버지가 기대 거는 딸'에서 '방송사와 제작사가 기대 거는
작가'로, 그리고 이제는 '나 스스로에게 기대를 거는 인간'으로
거듭나기 위해 발걸음을 옮겨본다. 타인의 신뢰가 아닌 내 안의
확신을 향해서.

내가 걷는 이 길이 누군가의 자랑이 되기 이전에 내 삶의 증
명이 되기를 바라면서. 기대라는 단어에 휘둘리지 않고, 기대라
는 말에 주저앉지 않기 위해서 나에게 맞는 보폭으로.

한 걸음, 또 한 걸음.

책이랑 동거중입니다

기획안에서 첫 방송까지, 딱 1년 4개월 17일. 그 시간 동안 나는 사람보다 인물과 더 많은 대화를 나눴고, 밥보다 마감 일정표를 더 자주 들여다봤으며, 수면보다 플롯 전개에 더 많은 정성을 쏟았다. 그리고 마침내 탈고. 마침내 자유다.

언젠가 기자가 물었다. 드라마 탈고 후에 가장 먼저 뭘 하느냐고. 나는 서점으로 달려간다. 그것도 전속력으로. 마치 '혈중 문장 농도'가 떨어졌다는 진단이라도 받은 사람처럼.

서점 문을 여는 순간, 콧속을 강타하는 향. 아, 그리웠던 책

냄새다! 오랫동안 못 만난 연인에게 달려가듯 책을 고르기 시작한다.

누군가는 책을 고르는 기준이 있다고 한다. 작가, 주제, 출판사, 누군가의 평점과 추천. 하지만 나는 매번 다르게 고른다. 비오는 날에는 제목이 긴 책에 끌리고, 햇살 좋은 날엔 얇고 노란 책이 좋아 보인다. 가끔은 그냥 표지 색깔이 마음에 들어서 집는다. 검색도, 평점도, 북튜버의 리뷰도 필요 없다. 그저 손과 눈, 그날의 기분을 믿는다. 무아지경으로 책을 고르다가 멈춘다. 표지도, 추천인도, 저자도 모르는 책. 무심히 펼쳐 든 페이지의 한 구절이 조용히 나를 붙든다. '당신의 오늘을, 나는 알고 있다.' 숨을 들이마신다. 나를 보고 있는 듯한 책, 나에게 나직하게 말을 거는 책, 그것만큼 확실한 기준이 또 있을까? 책은 고르는 게 아니라 만나는 것이다.

문제는 이 만남이 너무 달콤해 어느 순간부터 정신이 살짝 나간다는 것. 몇 권만 사려고 했는데 어느새 바구니는 가득차 있다. 계산대 앞에서 잠깐 고민은 한다. 과연 이걸 다 읽을 수 있을까? 하지만 그건 중요하지 않다. 사야 읽을 수라도 있다. 안

사면 읽을 기회도 없다. 집에 와서 책을 펼치자마자 깨닫는다.

"이 책, 전에 산 거잖아?"

그렇다. 독서 속도보다 구매 속도가 더 빠르다. 내 책장엔 '언젠가 읽을 책들'과 '절대 안 버릴 책들' 그리고 '두 번 산 책들'이 나란히 있다. 그 사이에 새로 산 책들을 꽂는다.

내 친구 중에 독서광이 있다. 이 친구에 비하면 나는 독서가 축에도 못 낀다. 서점 직원보다 책을 많이 알고, 작가보다 작가 의도를 더 잘 해석한다.

카페에 같이 가면 친구가 가방에서 책을 꺼내놓으며 불쑥 묻는다.

"이 책에 어울리는 음료는 뭐 같아?"

"에스프레소?"

"음, 괜찮네. 근데 나는 아이스아메리카노. 이 문장이 좀 냉정하거든."

그 친구는 음식과 어울리는 와인을 고르듯 책과 음료를 페어링한다. 산뜻한 에세이에는 라테, 심리학에는 허브티, 고전문학에는 핫초코……. 왜인지는 모르겠다.

한번은 내가 말했다.

"요즘 책 읽을 시간이 너무 없어서 그냥 책을 드라마로 만든 거 보는 중이야."

그러자 친구가 눈을 동그랗게 뜨고 말했다.

"그건 샤부샤부 국물에 밥만 말아 먹는 거야. 고기랑 채소는 다 어디 갔어? 그 섬세한 문장들, 감정선의 디테일, 문맥 사이의 여백 같은 걸 다 버리고 왜 국물만 훌훌 마시는 거야?"

그 친구는 책을 안 읽는 사람은 용서해도 '책을 드라마로 대체하는 사람'은 용서 못 하는 파다. 드라마도 좋아하고 영화도 즐기지만 그건 책과는 다른 카테고리의 생물이라고 생각한다. '문장은 음미하는 것'이라는 게 친구의 주장이다. 속도 조절이 가능하고, 페이지마다 멈춰 설 수 있고, 무엇보다 상상할 여백이 있으니 말이다.

어느 날인가는 그 친구와 작가 사인회에 갔다. 책을 건네고 예의를 갖춰 "잘 읽었습니다" 한 다음, 사인을 받았다. 그런데 친구는 사인을 받은 페이지에 그 책의 별점을 매겼다. "별 다섯 개는 좀 과해. 이건 넷 반이야. 문장은 예쁘지만, 중반 서사가 살짝 느슨했거든."

그 순간 나는 그 책이 영원히 작가님 눈에 띄지 않기를 간절히 기도했다. 이 책이 중고서점으로 흘러가지 않기를.

미슐랭 평가원보다도 더 까다롭게 책을 분석하고 평가하는 사람답게, 그 친구가 권해주는 책은 한 번에 내 인생 책 리스트에 들어온다. 읽고 나면 '왜 진작 안 읽었지' 싶을 정도로 좋다. 물론 그 얘기를 하면 친구 눈이 반짝인다.

"그래서 내가 말했잖아. 이 책은 진짜야."

그 친구는 책을 읽는 걸 넘어 책과 함께 사는 사람이다. 책을 좋아하는 사람은 많다. 하지만 책과 함께 '사는' 사람은 조금 다르다. 그들은 책을 '보는' 것이 아니라 책과 '동거'중이다. 거실 소파 위에도, 침대 옆에도, 냉장고 위에도 책이 있다(왜 냉장고 위에 있는지는 아무도 모른다. 본인을 포함해서). 그들은 책이 꼭 필요해서가 아니라 그냥 책이 옆에 있어야 마음을 놓는다. 한 번도 읽지 않은 책, 끝까지 못 읽은 시리즈가 수두룩해도 그 책들이 자신을 이루는 조각이라는 것을 안다. 그래서 그들은 책에게 말없이 다가간다. 그들에게 책은 가끔은 지식이고, 가끔은 인테리어고, 가끔은 그냥 위안이다.

그들은 때로 말이 없고, 조금은 멍해 보이고, 가끔은 세상과 거리가 있어 보인다. 하지만 알고 보면 세상 누구보다 다정한 사람이다. 감정의 단면을 수백 가지 문장으로 기억하고, 누군가 힘들다고 하면 "내가 어제 읽은 책에 이런 문장이 있었는데" 하고 마음을 건넨다. 멋있다, 정말로.

나는 책과 같이 사는 사람인가? 정확히 말하자면, 한 지붕 아래 어색한 동거중이다. 서점에서 책을 담을 때는 연애 초기처럼 들뜨지만, 집에 도착하면 책과 애매한 거리감이 생기기 시작한다. 그래도 좀 멋있어지려고 읽으려는 순간, 휴대폰이 울리고 '작가님, 수정본 가능하실까요?'라는 메시지가 날아든다. 그러다 주위를 둘러보면 설거지, 빨래, 먼지 쌓인 책장까지 일제히 나를 쳐나보고 있다. 그 시선을 알아챈 듯 책만 나를 외면한다.

하지만 가끔은 너무 재밌어서 화장실, 식탁, 심지어 엘리베이터 안에서도 읽는다. 그 짧은 시간 동안 푹 빠져 읽다가 엘리베이터 문 열리는 소리에 놀란 적도 있다. 책 한 권에 너무 깊이 빠져 세상과의 연결이 일시적으로 끊어질 때, 그 단절이 이상하게 좋다. 그러다 책을 덮을 때면 늘 마음이 이상해진다. 이 인물들을 다시는 못 볼 것 같고, 이 세계가 여기서 끝난다는 사실이 괜히 아쉽다. 그래서 그 작가의 다른 책을 둘러보고 그 책과 비슷한 분위기의 다른 작품들도 찾아보게 된다.

책과의 동거는 조용하지만 결코 심심하지 않은 일상의 연속이다. 친구 같고, 선생 같고, 짝사랑 상대 같다. 읽을수록 빠져들고, 가끔 혼자 상처받고, 그래도 끝내 떠나지 못하겠는 존재. 때로는 내가 꺼내지 못한 마음을 대신 꺼내주는 존재다. 내가 애써 외면했던 감정, 말끝마다 삼켰던 속마음, 어느 새벽에 쓰다 지워버린 문장 같은 것들이 불쑥 어느 한 페이지에서 내게 먼저 말을 건넬 때가 있다. 어떤 날은 딱 한 문장에 심장이 철퍼덕 주저앉는다. 작가가 내 삶을 엿본 것 같아 울컥한다. 내게 꼭 필요했던 그 한 문장에 눈물 한 방울로 스스로를 위로한다.

좋은 책이란 독자의 마음을 선점하려고 달려드는 책이 아니라 묵묵히 들어주는 책이다. 조언보다 공감, 설교보다 이해를 하는 책이다.

세상에는 읽을 책이 너무 많다. 다른 콘텐츠도 매일매일 쏟

아진다. 그래서 더 신중해진다. 책을 읽는 데 들이는 시간이 소
중하니까. 내가 오늘 읽는 책 한 권이 오늘의 생각을 만든다. 그
생각이 내 표정을 만든다. 그 표정으로 누군가를 만난다.

책을 읽는 나에게 동료 드라마작가가 물은 적이 있다.
"그 많은 책을 왜 읽어? 다 기억은 해?"
나는 웃으며 대답했다.
"다 기억하진 않지. 그래도 그 책을 읽던 나는 기억해."

책을 읽는 이유는, 세상을 더 많이 알기 위해서가 아니라 나
를 조금 더 이해하기 위해서가 아닐까. 슬픈 날에는 슬픈 문장
에 자꾸 밑줄을 긋고, 불안한 날에는 희망이란 단어가 유독 크
게 보인다. 내 감정이 먼저 책 속으로 걸어들어가 자기 자리를
찾는다. 그러므로 책을 읽는 시간은 누군가의 이야기를 읽는 시
간이 아니다. 나를 들여다보는 시간이다. 책은 종이로 된 거울,
오늘의 나를 비추는 거울이다.

어떤 날은 조용해지고 싶어서 책을 펼친다. 휴대폰도 무음으
로 해둔다. 말을 걸어오는 사람도 없고 책장을 넘기는 소리만 방

안에 가득찰 때, 마음에 새 벽지를 바르는 느낌이 든다. 낡고 지친 감정 위에 산뜻한 문장이 덧발리는 것이다. 어제의 피로한 생각은 가려지고 새로운 시선과 색감으로 벽이 다시 채워진다. 책은 그런 방식으로 나를 다시 빛나게 하고, 흔들리는 나의 중심을 붙잡아준다.

하지만 그 어떤 이유들보다 그저 '좋아서' 책을 읽는다. 종이 위에 새겨진 단어 하나가 내 마음을 다정히 두드리는 시간, 그 순간이야말로 내가 지금 살아 있음을 느끼는 방식이기 때문에.

오늘도 책장을 넘긴다. 무엇을 더 알게 될지는 확신할 수 없어도 분명 무언가를 더 느끼게 될 테니까. 지식보다 감정이, 정보보다 여운이 남는 독서의 끝에서 나를 지키는 법을 배우게 될 테니까.

인생의 세 가지 즐거움,
그게 뭔지 아십니까.
시간 날 때 좋은 경치 보는 것,
사랑을 얘기하는 것,
그리고 맛있는 음식 먹는 것.

– 〈녹색마차〉에서

착한 마음에 기대어 오늘도 한 줄

글은 마음의 복사본이다. 착한 마음에서 나오는 글은 오래 남는다. 반면 억센 마음이 써내는 글은 언젠가 독자에게 그 본심을 들킨다.

마음에 자갈이 굴러가고 자꾸 모서리가 날카로워지는 날이면 착한 사람들을 만나고 싶어진다. 눈빛에 다급함이 없고 말에 가시가 없는 사람을 만나고 나면 신기하게도 내 마음도 조금씩 맑아진다. 그 선함이 나에게 조용히 옮겨와 내 안의 거친 부분을 다독여준다. 내 문장도 조금은 그들을 닮아갈 수 있을 것만 같다.

나는 착한 사람들이 만들어내는 장면에 언제나 발걸음을 멈춘다. 동생이 아프다는 소식에 회사에 반차를 내고, 병원을 예약하고는 병원 앞 편의점에서 이온음료를 사다주는 오빠. 그 모습에 괜히 코끝이 찡해진다. 형제간의 우애를 당연하게 여기는 전통적인 시선이 있지만 가족이라고 무조건 애정을 퍼줄 수는 없다. 두 사람은 분명 서로를 다정히 대하며 아껴왔을 것이다.

비 오는 날, 자기 어깨는 흠뻑 젖게 두면서도 우산 없이 빗속을 뛰어가는 낯선 이에게 말없이 우산을 씌워주는 사람. 그 우산 아래에서 둘 다 비에 젖는다. 중요한 것은 '같이 젖기로 한 마음'이다. 두 사람의 실루엣이 빗속에 포개질 때, 그 풍경은 마치 한 편의 느린 시처럼 느껴지며 삶이란 여전히 괜찮은 이야기라고 믿어본다.

다정하게 손잡고 걷는 노부부. 서로 다른 보폭을 맞추느라 둘 다 살짝 절뚝거리는 모습을 보고 있으면 '맞춰가는 것이 사랑'이라는 걸 오랜 세월 살아내며 체득하신 것 같다.

지하철역 출구 앞에서 한 손엔 게임기를 들고, 다른 손으론 할머니의 휠체어를 정성껏 밀어주는 꼬마 아이. 누가 가르쳐준 것도 아닐 텐데 그 손엔 이미 배려가 있었다. 마치 사랑이 세습된 것처럼.

늦은 밤 편의점, 초등학생쯤 되어 보이는 아이가 컵라면을 들고 와 천 원짜리 몇 장과 동전을 꺼냈다. 오백 원짜리, 백 원짜리 그리고 십 원짜리. 계산대에 동전이 탁탁 구르지만 아르바이트생은 서두르지 않았다. "괜찮아, 천천히 세도 돼." 그리고 컵라면에 뜨거운 물을 부어준다. "이따가 삼 분 뒤에 뚜껑 열면 돼." 그 삼 분 동안 나는 오래 기억될 장면을 목격했다.

동네 우체국에서 할머니 한 분이 편지를 부치려는데 봉투가 찢어져 있었다. 할머니가 주머니에서 테이프를 꺼내 붙이며 낑낑대는 사이, 뒤에 서 있던 아주머니가 조심스레 다가가 새 봉투를 함께 골라주고 주소를 다시 써주었다. "이 편지가 잘 도착하면 좋겠네요"라는 말도 함께였다.

단골 커피집. 아메리카노만 시키던 중년 남성이 어느 날 카운터에 놓인 쪽지를 본다. '오늘처럼 기운 없는 날엔 따뜻한 라테

어때요?' 커피를 내리는 사장님은 이미 많은 것을 알고 있다. 말 대신 건네는 한 잔의 온기. 그게 사람을 얼마나 살게 하는지.

착한 사람이 따로 있는 게 아니라 '착한 순간을 많이 만들어 내는' 사람이 착한 사람이다. 누군가에게 준 순수한 감동, 누군 가에게 조금 따뜻하게 굴었던 마음은 생각보다 멀리 뻗어나간 다. 엘리베이터 버튼을 한 번 대신 눌러줬더니, 기분이 좋아진 그 사람이 카페에서 마주친 누군가에게 커피를 사주고, 그 위로 에 따뜻해진 사람이 추운 겨울날 길에서 떨고 있는 고양이 한 마리를 살리고, 그 고양이는 또 누군가의 품에서 그의 외로움을 덜어준다.

마음은 의외로 복잡한 파동을 갖는다. 눈에 띄지 않게 시작 되지만 놀라울 만큼 정확하게, 마치 알고 있었다는 듯 필요한 곳으로 번진다. 누군가의 무심한 다정이 어딘가에서 위로가 되 고, 그 위로를 받은 사람이 또다른 착한 순간을 선물한다. 그렇 게 착한 순간들은 끝나지 않는 릴레이처럼 세상을 돌고 돈다.

착한 순간은 한정판이 아니라 무한대로 재사용이 가능한 사 은품이다. 사용할수록 더 생기고 나눌수록 더 커진다. 이토록

경제논리와 반대되는 따뜻함이라니. 그래서 더 믿게 된다. 이 세상 아직 괜찮다고.

화나도 일단 한 박자 쉬고, 짜증나도 말 한마디 돌려 말하고, 어색한데도 웃어주는 사람. 순간순간 착하려고 애쓰는 사람, 그들이 세상을 바꾸는 영웅이 아닐까. 먼저 곁을 내어주고 먼저 품어주는 사람. 이해가 안 되더라도 사랑으로 대하는 사람. 그런 사람들을 종종 만난다. 아니, 사실 그들은 언제나 거기 있었다. 내가 너무 바쁘게 앞만 보며 걷느라 그들을 지나쳤을 뿐. 그들은 늘 조용하다. 소란스럽게 자신을 드러내지 않는다. 그래서 내 마음의 속도가 느려지고 호흡이 가라앉을 때쯤 비로소 보인다. 그러고 보면 사람도, 풍경도 '만나는' 게 아니라 '발견하는' 것이다. 그들은 숨은그림찾기처럼 아주 가까이에 숨어 있다가 내 기분이 바닥을 칠 즈음 슬쩍 고개를 내민다. "지금이네" 하고 기다렸다는 듯이.

기분이 바닥까지 내려갔을 때, 더는 못 가겠다는 말이 목까지 찼을 때 신기하게도 꼭 선한 사람을 만난다. 신이 나를 위해 잠시 파견한 천사라는 착각이 들 정도로 우연히.

그렇게 만난 사람들을 자주 떠올려본다. 이름도 모르는 채로 내 하루를 스쳐간 사람들. 길을 묻자 지도를 꺼내 목적지까지 같이 걸어준 사람, 혼자 울고 있을 때 휴지를 말없이 내밀던 사람. 그들은 주인공이 아니었고 대사도 거의 없었다. 그저 자연처럼 내 곁을 지나갔을 뿐인데 오래도록 잊히지 않는다.

다정한 사람은 자신이 한 일이 큰 위로가 되었다는 것도 모른 채 일상을 살아간다. "내가 무슨 말을 했더라? 그게 도움이 됐다고?" 의아해하는 반응이 오히려 그 다정함을 증명한다. 그 순간 내 마음이 기지개를 켠다. 아주 오래 접어뒀던 마음의 이불이 쭉 펴지는 느낌이 든다.

나도 그들을 따라 다정해지고 싶다. 티나지 않더라도 누군가의 하루에 작은 햇살 한 줌이 되어 지나가는 사람이고 싶다.

착한 사람들을 만난 날이면 집으로 돌아와 책상 앞에 앉는다. 그리고 미뤄둔 글을 쓴다. 누군가가 내 마음에 켜준 작고 단단한 불빛에 대하여, 아무 말 없이 세상을 지탱하던 그 다정한 사람들에 대하여 쓴다. 그들의 착한 마음이 다시 글을 믿게 해주었으니까.

계절에 기대어 쓴 기억과 시간

에세이 『엄마와 나의 모든 봄날들』을 펴냈을 때 한 인터뷰에서 기자가 물었다.

"사계절 중에 봄을 가장 좋아하시나봐요."

나는 웃으며 고개를 저었다.

"봄은 어머니의 계절이었죠. 저는 가을을 더 좋아합니다."

이유를 묻는 질문에 이렇게 대답했던 것 같다. 바람에 흩날리는 낙엽의 작별인사가 좋고, 나무 사이로 드러나는 하늘의 여백이 마음을 가볍게 만들어주기 때문이라고.

가을은 세상의 군더더기가 하나씩 지워지는 계절이다. 빛은 조금씩 기울고, 나무들은 고요히 자신의 일부를 내려놓는다. 모든 것이 '떠날 준비를 시작하는 것'처럼 느껴진다. 쓸쓸한 듯 담백하고 끝에 가까워질수록 더 단단해지는 계절. 거리 곳곳이 멜로드라마의 마지막 장면처럼 보이고, 바흐의「무반주 첼로 모음곡」이 배경음악처럼 흐르는 날들. 모든 것이 조금씩 가라앉고 내 마음도 조용히 정리되는 그 느낌이 좋다.

태어나는 계절은 선택할 수 없지만 세상과 작별을 고하는 계절을 고를 수 있다면 늦가을, 11월을 선택하고 싶다. 무언가를 더 남기기보다는 조용히 사라져 하늘의 빈자리를 더 푸르게 만들어주는 것. 그게 내가 꿈꾸는 마지막 장면이다. 나뭇잎 하나가 바람을 타듯, 빛이 하루에 한 칸씩 짧아지듯 세상의 끝자락으로 조용히 사라지는 것. 그 순간 남겨진 사람들의 시선 위로 하늘은 더 깊어지고 구름은 조금 더 천천히 떠다닐 것이다.

다음으로 좋아하는 계절은 겨울이다. 겨울밤이 되면 길가의 편의점 조명마저도 먼길을 돌아온 사람을 위해 켜두는 작은 난로처럼 느껴진다. 유난히 추운 밤일수록 빛은 오히려 더 따뜻하다. 차가운 어둠 속에서 비로소 드러나는 온기의 실루엣. 겨울

은 가장 차가운 배경 위에 가장 따뜻한 이야기들이 쓰이는 계절
이다.

누군가의 주머니 속에 손을 넣고 걸을 수 있는 계절. 아무
말 없이 서로의 체온으로 안부를 나누는 밤. 창에 긴 성에 사이
로 뿌옇게 내려다보이는 거리도 좋다. 희미한 불빛 아래 하얀 눈
을 이불 삼아 덮고 있는 집들, 붉은 점 하나처럼 서 있는 우체통,
숲을 가르며 천천히 지나가는 기차의 실루엣. 겨울은 모든 것이
사라지는 계절이지만, 그 사라짐이 유난히 아름답게 기억된다.
눈은 세상과 시간 속에서는 금세 녹아 사라지지만, 이상하게도
마음속엔 오래도록 자국을 남긴다. 어쩌면 눈은 어느 멀고 먼
행성에서 보내는 쪽지일지도 모른다. 이 세상과는 조금 결이 다
른 슬픔과 다정함이 하얗게 내려와 잠시 우리 마음 위에 머물
렀다가 조용히 녹아 사라지는 그런 겨울이 좋다.

모든 것이 흩어지고, 스러지고, 멈춰 서는 계절. 그 침묵 속에
서 가장 또렷하게 들려오는 내 안의 소리. 겨울은 멈춤과 비워
냄을 통해 따뜻해지는 계절이다. 쌓는 것보다 지우는 것이 많고
말보다는 숨이 더 많은 계절. 마음에 무언가를 더하지 않고도

괜찮아지는 시간. 나를 다시 데려오는 계절. 그래서 해마다 나는 이 계절이 오기를 기다린다.

세번째로 좋아하는 계절은 봄이다. 명령이라도 받은 듯 세상의 모든 꽃들이 일제히 각자의 색으로 피어난다. 기다렸다는 듯 숨지 않고, 주저하지 않고. 그 순간, 꽃보다 먼저 피어나는 것은 마음이다. 울컥 벅차오르는 감정은 꽃잎이 아니라 감정의 파편이 터지는 듯하고, 벚꽃잎 흩날리는 길을 걷다보면 영혼 깊은 곳에 연하고도 섬세한 꽃잎 지문이 찍히는 느낌이 든다.

봄이 되면 그리운 사람의 안부가 문득 궁금해진다. 피어난 것들을 보며 사라진 것들을 떠올리게 되는 계절.

어머니는 연두 꽃이 피기 시작할 무렵을 가장 좋아하셨다. 벚꽃이 진 후, 세상이 한껏 밝아진 듯한 그 빛. 환하게 물든 그 연두색의 공기를 참 오래 바라보시곤 했다. 어머니가 조용히 말씀하신 적이 있다.

"올해 봄이 마지막인 것처럼 순간순간이 고맙고 간절하구나."

그 말은 바람처럼 스쳐지나갔지만 해마다 봄이 오면 나는 어머니의 그 말을 꺼낸다. 다시 듣는 것처럼, 처음 듣는 것처럼. 봄날은 어머니의 등을 떠올리게 한다. 작고 따뜻하고 꽃처럼 은은한 향이 배어 있던 그 등에 업혀 가던 어린 날의 기억. 그 등은 언제나 등불처럼 환했고 숨결처럼 다정했다. 봄의 시간은 그 시절의 감각을 닮아 있다.

이제는 나도 문득 생각한다.

'내 생에 앞으로 남은 봄은 몇 번이나 될까.'

세상의 모든 봄은 언젠가 사라지지만 내 안에 봄 하나는 영원히 살아 있다. 기억과 체온과 연둣빛이 함께 어우러진 어머니의 봄으로.

여름은 사계절 중 내가 가장 덜 좋아하는 계절이었다. 태양은 조금 과하고, 공기는 눅눅하고, 시간마저 흐르는 것이 아니라 묵직하게 쌓이는 것처럼 느껴졌다. 그런데 얼마 전 여름이 좋은 이유가 탄성처럼 터져나왔다.

어지러운 꿈에서 깨어난 아침, 한 통의 문자가 와 있었다.

'선배, 현관문 열어보세요.'

문을 열자 바닥에 수국 한 다발이 놓여 있었다. 새벽 꽃 시

장에 들렀다가 문득 내 생각이 났다는 한 줄. 그 문장에 마음이
환해졌다.

그래, 여름은 수국의 계절이다. 어릴 적 마당에 피어 있던 수
국, 소나기가 내리면 그 커다란 꽃잎을 머리에 얹고 비를 피해
뛰곤 했다. 그러면 꽃잎들이 가로로 줄을 지어 펄펄 날렸다. 비
를 맞으며 웃던 기억. 작은 꽃들이 모여 하나의 큰 꽃이 되는 구
조, 짙었다가 옅어졌다가 물빛처럼 번지는 파스텔 톤의 색감. 화
려하지도 초라하지도 않게 그저 '조화를 이룬다'는 것이 무엇인
지 수국은 말없이 보여준다.

여름이 한결 좋아진 김에 여름을 다시 바라본다. 수박을 쩍
하고 쪼갤 때 나는 소리, 시원한 맥주 컵에 맺히는 투명한 물방
울, 덥다는 이유 하나만으로 아무것도 하지 않던 오후의 나른
함. 그리고 갑자기 쏟아진 소나기에 몸도 마음도 한순간에 씻겨
내려가는 그 기적 같은 장면.

무엇보다 여름은 기억의 창고다. 처마 밑으로 뛰어들어 비를
피하던 날, 텅 빈 집에서 낮잠을 자다 땀과 한몸이 되어 깼던

날, 바닷속에서 허우적대며 세상이 내게 너무 넓다고 생각했던 날, 그리고 양산 쓴 어머니 손을 꼭 잡고 과수원 길을 따라 걷던, 햇살마저 말을 거는 것 같던 그 오후. 생각해보면 여름은 유독 어린 시절의 기억을 많이 간직하고 있다. 아마도 여름은 시간이 가장 '현재'로 존재하는 계절이기 때문일 것이다.

어디로 흐르기 전에, 사라지기 전에 뜨겁게 지금 여기에 있는 시간. 그런 계절에 남겨진 기억은 조금 더 오래, 조금 더 선명하게 마음속에 남는다.

그래서 여름을 다시 좋아해보려 한다. 지나가면 사라지는 계절이 아니라 살아 있는 시간을 품은 계절로. 기억뿐 아니라 지금 이 순간에도 나를 흔들 수 있는 계절로.

한 해에 고작해야 계절은 네 번 바뀐다. 그 네 번의 풍경이 우리를 한 해 동안 이끌어주는 리듬이다. 그런데 만약 한 계절을 '싫어한다'고 정해버리면 우리는 한 해의 4분의 1을 스스로 놓아버리는 셈이다. 하루하루가 소중하다 말하면서도 그 계절은 건너뛰어버리는 것이다. 마치 달력에서 세 달 치를 찢어낸 것처럼. 결국 손해는 나 자신에게 돌아온다.

물론 사계절을 모두 좋아하기가 쉽지는 않다. 때로는 너무 덥고, 때로는 너무 추우며, 어떤 계절은 괜히 마음을 허물어뜨리기도 하니까. 하지만 바라보는 마음이 달라지면 계절은 선물이 된다. 바람에 실려오는 꽃향기, 비 오는 날의 고요한 리듬, 황금빛 들판을 지나가는 저녁 햇살, 눈 내린 골목길의 적막함. 그 안엔 늘 살아 있다는 감각이 있다.

나는 기왕이면 사계절을 모두 사랑하고 싶다. 좋아한다는 건 마냥 편하고 쉬운 감정이 아니라 의식적으로 마음을 기울이는 일이다. 조금은 불편해도 그 속에서 아름다움을 발견하려는 연습이 필요하다. 겨울이 너무 추워서 싫다고 말하기 전에 하얗게 성에 긴 창문 너머를 가만히 바라보는 것. 봄이 너무 짧다고 아쉬워하기 전에 막 돋아난 연둣빛 잎사귀 하나를 오래 들여다보는 것. 여름이 덥고 숨막힌다고 투덜거리기 전에 무더위 속에서 열심히 피어나는 수국 한 송이를 기억하는 것. 가을이 쓸쓸하다고 말하기 전에 바람에 흔들리는 은행잎의 마지막 춤을 지켜보는 것.

계절을 사랑하는 방법은 거창한 시도를 필요로 하지 않는다.

햇빛 한 조각을 머금고 웃는 순간을 기억하거나 바람 한 줄기를 따라 걷다가 괜히 마음이 환해지는 날이 있다는 걸 놓치지 않는 것. 사계절마다 고유한 리듬이 있고, 그 리듬에 귀기울이다보면 어느새 삶이 조금 더 충만해진다.

좋아하려고 마음을 열면 그 계절은 내 안에 자리를 틀고 앉는다. 그 계절을 사랑하는 이유가 조금씩 생겨나기 시작한다. 그렇게 살다보면 이 순간도, 올해의 이 계절도 다시는 오지 않을 꿈같은 시간이 된다.

계절을 좋아하는 법은 사실 지금의 시간, 지금의 온도, 지금의 풍경, 지금의 나를 사랑하는 연습이기도 하다. 사계절을 좋아하게 되면 우리는 더이상 어느 시기를 허비하지 않게 된다. 기다리는 대신 머무는 법을 배우게 된다. 그것은 꽤 괜찮은 인생의 기술이다.

메롱 작가와 수상한 언니

방송작가협회에서는 해마다 연말이면 그해 활약한 작가들에게 상을 준다. 송년회, 시상식, 회식이 어우러지는 일종의 '작가들의 송년 대잔치'다.

2020년 라디오 부문 작가상을 수상한 사람은 언니 송정연 작가였다. 언니는 시상대에 올라 특유의 유쾌한 수상소감을 뽑아냈다. 그러다 소감이 끝날 때쯤 돌연 말했다.

"정림아, 너는 작가상 아직 못 받아봤지? 메롱!"

시상식장은 순식간에 웃음바다가 됐고, 나는 작가들 사이에서 '메롱 작가'라는 별명을 얻게 됐다. 시상식이 끝나고 주 무대인 뷔페가 열렸다. 쟁반을 들고 음식을 담고 있는 나에게 작가들이 하나둘 말을 걸었다. "동생도 상 받아야지." "다음엔 작가상 받아서 언니한테 복수해요!"

나는 접시에 잡채와 갈비찜을 담으며 말했다.

"저는 학교 다닐 때 상을 너무 많이 받아서요. 항상 언니보다 더 좋은 상 받았거든요. 헤헤헤……."

이건 자랑이냐, 쪼잔함이냐. 작가들은 혀를 끌끌 차며 위로인지 체념인지 모를 표정을 지었다. 그래도 나는 언니가 상 받으면 세상에서 제일 기쁜 사람이다. 그날도 언니가 상 받은 게 내가 받은 것보다 더 기뻤다.

상을 받아 마땅한 사람이 있고 좀 머쓱한 사람이 있는데 언니는 객관적으로 봐도 받을 만하다. 방송국 사람들을 만나면 종종 내게 "언니 아직도 그 프로 해요?"라고 묻는다. "네"라고 대답하면 돌아오는 반응은 비슷하다. "와, 대단하다."

언니는 아침 라디오 프로를 수십 년 동안 해왔다. 꼭두새벽에 눈을 떠서 그날의 원고를 위해 뉴스와 기사들을 훑어보고 하루종일 책을 읽고 인터뷰를 보고 영화를 보고 사람을 만난

다. 아침에 일찍 일어나야 하기 때문에 그 긴 세월 동안 저녁 약
속은 꿈도 꾸지 못했다. '대단하다'보다 '지독하다'가 더 정확한
수식어다.

우리는 같은 동네에 살았었다. 밤새 원고를 쓰다 겨우 눈을
붙이려고 불을 끄는데 언니네 집이 밝아지곤 했다. 새벽 세시,
나는 이제 잠자리에 들려는데 언니는 하루를 시작하려 하고 있
었다. 그 빛에 담긴 생활력, 근성, 책임감에 콧등이 시큰해졌다.

언니가 얼마나 치열하게 글을 쓰고 살았는지 아는 사람으로
서 언니가 상 받을 때마다 나는 진심으로 기쁘다. 내가 상을 안
받아도 괜찮은 이유, 우리 집안에 이미 '지독하게 멋진 작가'가
있으니까. 나는 언니를 매해 놀리고 싶다. '수상'한 여자라고. 그
리고 매해 놀림받고 싶다. '메롱 작가'라고.

예전엔 언니가 휴가를 가면 가끔 '대타 요정'으로 내가 소환
되곤 했다. 한번은 SBS 〈이숙영의 러브FM〉 DJ인 숙영 언니가
스튜디오에서 쓱 나오더니 아무렇지도 않게 말했다.

"'나팔꽃'으로 원고 하나 써줘. 3부에 멘트할 거야."

3부? 한 삼십 분 남았지. 큰일났다. 삼십 분 안에 써야 하
네……. 허겁지겁 정신줄을 부여잡고 DJ가 실시간으로 볼 수 있

는 스튜디오 모니터에 '한글' '워드' 프로그램을 띄우고 원고를 써내려갔다. 그런데 숙영 언니가 원고를 읽기 시작하는 거다.

"나팔꽃은 말이죠……." 아직 첫 줄도 제대로 못 썼는데? 나는 당황해서 덜덜 떨며 자판을 두드렸다. 등에서는 식은땀이 흘렀다. 3부는 삼십 분 후가 아니라 오 분 후였다. 아니, 사실상 '다음 곡 끝나고 바로' 수준이었다. 언니는 늘 그렇게 '오 분 후' 원고, '잠시 후' 멘트를 쓱싹쓱싹 써서 모니터에 띄워줬던 것이다.

언니가 휴가를 끝내고 돌아오면 내 얼굴엔 여지없이 뾰루지가 피어올랐다. 정신없는 속도에 몸이 적응하느라 남긴 생존의 흔적들이었다. 언니가 여행에서 돌아오면 나는 기다렸다는 듯 달려가 언니를 부둥켜안고 고백했다.

"나 진짜 언니 존경한다!"

적시에 원고를 꺼내기 위해 언니가 얼마나 치열하게 살아가는지, 대타 작가가 되고 난 후에 더 절실히 느꼈다.

언니는 원래 야행성이었다. 나는 어릴 때부터 새벽에 눈이 떠지는 사람이었고 언니는 해가 중천에 떠야 겨우 정신이 돌아오는 사람이었다. 학교 다닐 때는 아침마다 언니를 깨우는 게 쉽지 않았다. 언니가 좋아하는 커피를 진하게 타서 컵을 코 밑에 들이대어야 겨우 일어나곤 했다. 그랬던 언니가 방송 일을 하면서 새벽형 인간으로 강제 개조를 당했다. 언니는 그게 좋다고 환하게 웃는다.

"새벽 공기가 얼마나 좋아. 일찍 일어나면 하루가 길잖아."

언니는 늘 아침 해처럼 밝고 진취적이고 긍정적이다. 하지만 그 해맑은 웃음 뒤에 남은 흔적들이 있다. 두통이 시도 때도 없이 찾아들고 두피도 예민해서 자주 속을 썩인다. 겉으로는 웃지만 속으로는 곪아터지고 있다는 증거들이다. 말하자면 언니는 밝은 지옥을 성실하게 견뎌낸 사람이다.

언니는 오늘도 새벽 세시에 일어날 것이다. 가끔 컴퓨터가 속썩이면 굉음을 질러서 가족들이 자다 달려나오게 할 것이다. 마음대로 원고가 안 되는 날은 현관문을 쾅 닫아서 식구들 신경을 긁기도 할 거다. 그러나 "안녕하세요!" 해처럼 활짝 웃으며 스튜디오에 들어설 것이다. 그게 언니다.

내 별명이 매롱 작가라면 언니의 별명은 '동생 바보'다. 언니는 내게 무한 에너지 생성기 같은 존재다. 내가 보잘것없는 글을 보여줘도 눈을 동그랗게 뜨고 외친다. "너 진짜 천재야!!" 그 말에 나는 0.5초쯤 착각한다. "어, 나 천재인가?"

하지만 착각은 오래가지 않는다. 마감 지옥 속에서 양손으로 머리를 쥐어뜯으며 두피가 아플 즈음 명료한 깨달음을 얻는다. '천재는 개뿔'. 그래도 언니의 그 '엄지 척' 한 번이면 내 멘탈은 사십팔 시간 연장이 보장된다.

가끔 그런 생각을 한다. 언니가 없었다면 내가 지금도 글을 쓰고 있을까. 글이 막히는 날에도, 드라마가 첫 방송을 타는 날에도 나는 언니에게 먼저 연락한다. 언니가 웃으면 괜히 잘 쓴 것 같고, 언니가 울면 이 이야기가 진짜구나 싶다. 내가 쓴 글을 누구보다 간절한 마음으로 읽어주는 사람. 한 번도 내 글을 의심하지 않았던 사람. 매번 "너는 진짜 잘 써" 하고 아무 조건 없이 믿어준 사람. 내가 지칠 때에도 "그래도 써야지" 하고 다시 자판 앞에 앉게 만드는 사람. 언니는 그런 존재다.

내 글을 세상에서 가장 먼저 읽는 나의 1호 팬, 드라마 줄거리보다 내 인생 걱정을 더 많이 해주는 진짜 내 편, 글쓰기라는 외로운 행위의 곁을 따뜻하게 지켜주는 나의 동료, 글보다 먼저 나를 읽어내고 결과보다 먼저 나를 믿어주는 나의 신봉자. 모든 순간의 첫 독자, 가장 오래된 관객.

언니 앞에서는 시청률도 악플도 그냥 먼지다. 언니는 늘 말해준다. "넌 잘해." 그래서 기꺼이 버텨내고 치열하게 쓴다. 언니 전용 1열 관객석을 생각하며.

언니 친구들을 만나면 백발백중 이렇게 말한다. "정연이네 '내 동생' 왔네." 언니가 하루에도 몇 번씩 입버릇처럼 말해왔기 때문이다. "내 동생이 말이야." "내 동생이 책을 썼거든." "내 동생 드라마 시작하거든." 팔불출에도 공식 자격증이 있다면 언니는 1급 자격 보유자다.

언니 생일이 되면 나는 하늘을 올려다보며 돌아가신 엄마에게 속삭인다. "언니 낳아줘서 고마워요." 언니도 내 생일이면 항상 그 말을 한다고 했다. "동생 낳아줘서 고마워요." 우리는 서로를 부모님이 남겨준 가장 소중한 선물이라 부른다.

그런데 언제면 나는 동생 노릇을 할 수 있을까. 언니는 늘 나보다 먼저 무언가를 내놓는다. 어떻게 해도 언니를 앞서갈 수가 없다. 내가 감동을 좀 주려고 하면 언니가 먼저 감동을 배달해버린다. 형만 한 아우 없다는 말, 자매판으로도 유효하다.

얼어붙은 마음을 따뜻하게 품어주는 그 순간.
다시 힘내자고, 다시 사랑하자고
붉고 뜨겁게 노을 같은 꽃이 피어나고 있었다.

- 〈슬플 때 사랑한다〉에서

4 부

“앞으로 어떻게 살 거야?”

“밥 잘 먹고, 많이 웃고, 많이 사랑하고,

오늘을 열심히 살래요.”

“정말 멋진 계획인데?”

- 〈미쓰 아줌마〉에서

심장은 플롯으로 뛰고
   위장은 야식으로 무너지고

미니시리즈를 주로 써오던 후배가 처음으로 장편연속극에 투입됐다. 며칠 후 후배에게서 전화가 걸려왔다.

"언니, 코피가 너더리고요."

그 말에 나는 웃으며 말했다.

"축하해. 이제 연속극에 입문했네."

장편드라마에 투입된 것은 그녀에게 주어진 인생 최대의 체력 챌린지였다. 그녀가 미처 그걸 몰랐을 뿐. 처음엔 "에이, 어차피 똑같이 앉아서 쓰는 일인데, 뭐" 했다. 허리와 목이 비웃을 소리였다. 그녀가 한창 대본 작업에 몰두하다가 자리에서 벌떡 일어났을 때였다. "아악!" 그녀는 비명을 지르며 자세를 틀었고, 순간 무릎에서 '톡' 하는 소리가 났다. 열 시간 동안 한 번도 자리에서 일어나지 않았다는 사실을 깨달았다. 그건 개운해지는 소리가 아니었다. 고관절이 사표를 내고 만 것이다.

다음으로 손목이 반란을 일으켰다. 밤새 쓰던 대본 파일이 날아간 건 '곧 울게 되리라'라는 신의 계시였다. "나 좀 그만 써, 이 미친 인간아." 손목이 그렇게 말하는 것 같았다. 병원에서는 테니스 엘보라고 했다. 그녀는 정중히 물었다.
"키보드로 랠리 뛰는 것도 운동으로 쳐주시나요?"

곧 눈에서 신호가 왔다. 안구 혈관이 파업에 돌입했다. 눈물 한 방울 안 흘렸는데 울다 지친 사람처럼 눈이 충혈돼 있었다. 편의점 아르바이트생은 그녀에게 무슨 사연 있는 줄 알고 시원한 물이라도 한잔하라며 종이컵에 물을 따라 건넸다. 그 다정함에 실핏줄이 또 울었다.

노화는 가속도를 얻었다. 거울을 보면 스크롤바처럼 길쭉한 다크서클이 내려와 있었고 기억력은 흐릿해져갔다. "지금 몇 회 쓰고 있지?" 중얼거리는데 코 부근에서 이상한 느낌이 났다. 티슈로 닦으니 피가 묻어나왔다. 이쯤이야 뭐, 쓱 닦아내고 원고를 저장하고 정수리를 꾹꾹 눌렀다. 그때 정수리에서 찌릿한 감각이 느껴졌다. 아, 드디어 두피도 나를 떠났구나.

마지막으로 위장이 참다못해 외쳤다. "커피 좀 그만 드세요. 자극적인 대사, 기름진 플롯까지. 나 죽어." 입은 먹고 싶은 걸 다 먹었고, 손은 쓰고 싶은 걸 다 썼고, 이제 남은 건 위장의 분노뿐이었다. 속은 쓰리고, 드라마는 안 끝나고, 인생은 아직 계약중이었다. 그녀는 위장을 다독이며 조용히 말했다.
"……알았어. 일단 이것만 저장하고."

내가 경험했던 과거에 빗대어 그녀에게 다가올 미래를 예언해주자 후배가 물었다.
"언니, 이거 다 끝나고 나면 저 진짜 어른이 돼 있을까요?"
나는 대답했다. "응. 되어 있을 거야. 여기저기 파스 붙인 채겠지만."

장편드라마는 체력과의 쟁탈전이지만, 결정적으로 필요한 것은 감정기복을 버티는 지구력이다. 갑자기 슬퍼서 울고, 문장 하나 쓰다가 갑자기 울컥해서 "왜…… 왜 이렇게 됐지?" 웅얼거린다. 인물의 감정이 어느새 작가의 감정이 되어 있을 때가 많다.

수면시간은 확연히 줄어들고 자책은 무한으로 늘어난다. 간헐적으로 잠들어도 꿈에서 회차 순서를 정리하는 수준에 이른다. 그러다가 선잠에서 깨서는 한다는 말이 "어? 26회에서 그 복선 회수했었나?"다. 곧장 벌떡 일어나 파일을 연다. "이 장면 왜 이렇게 썼지. 아, 이 대사 좀 과했어……" 늘 마감보다 자괴감이 먼저 도착한다.

일일드라마는 기본 100회 이상의 방송이 편성된다. 그 기간에 또 치열하게 견뎌야 하는 것은 외로움이다. 인간관계가 확실히 줄어든다. 정확히는 관계가 '기약 없이 미뤄진다'가 맞다. "조만간 보자"의 '조만간'은 대체로 드라마 끝난 후다. 이미 내 친구들은 '연속극 들어간 나'에게는 말을 거는 법도, 약속을 잡는 법도 잊었다.

점점 사람과 대화하는 법을 잊어간다. 전화는 무음, 문자는 읽기만 하고 씹는다. 단톡방에서 나간 지 오래, 택배기사님과 주고받는 '네 감사합니다'가 유일한 실시간 소통이다.

그러다 어느 날인가는 드라마 인물에게 말을 걸기 시작한다.

"작가는 널 그렇게까지는 안 썼거든? 왜 이렇게까지 막 나가."

"착한 척하지 마. 오늘도 몰래 내연녀한테 전화했지? 작가는 다 알아."

그러고 대본 쓰다 말고 벌떡 일어나 커피를 탔다. 이내 조심스럽게 모니터 앞에 머그컵을 놓았다.

"이제부터 진지한 이야기 할 거니까 따뜻한 것 마셔."

그 순간, 아들이 방문 틈 사이로 얼굴을 내밀었다.

"작가님, 많이 외로우세요?"

"쉿, 지금 29회에서 아주 중요한 타이밍이야. 공희가 자기감정을 깨달아야 해. 지금 아니면 영원히 몰라."

그닐 아들은 조용히 문을 닫고 거실로 나가 친구들과의 단톡방에 말했다.

"우리 엄마, 캐릭터들한테 커피 타주기 시작했어."

결론은 이렇다. 친구는 줄고 등장인물은 늘고, 잠은 줄고 자책은 늘고. 장편드라마 작가는 모든 게 늘어나고 줄어드는 삶을 끌어안고, 코피를 흘리든 눈물을 흘리든 계속 글을 써야 한다.

어느 작가는 말했다. "70퍼센트만 하자." 100퍼센트를 다 쏟아부으면, 그게 잘못됐을 때 다시 일어설 수 없다고. 나는 그 말을 장편에 갓 투입된 후배에게 들려줬다. 그 후배는 글을 쓸 때마다 영혼을 저당잡히는 스타일이었다.

"70퍼센트만 해. 그래야 오래가."

나의 조언에 후배는 말없이 고개를 끄덕였다. 눈자위가 붉어진 걸 보니 감동했거나 이미 탈진했거나 둘 중 하나였다.

그후 내가 다시 연속극에 들어가게 되었다. 대본 한 장을 쓰면 세포 하나가 빠져나가고, 대사 두 줄을 다듬으면 장기가 땀을 흘렸다. 전화는 무서워서 못 받았고, 잠은 꿈에서나 가능했고, 밥은 '먹었다고 치자' 수준이었다.

어느 날 그 후배에게서 작은 케이크가 도착했다. 상자 위에는 손 글씨로 정성스럽게 쓴 카드가 붙어 있었다.

"나한텐 70퍼센트만 하라고 해놓고 언니는 왜 150퍼센트를 쏟고 계세요?"

케이크를 한 조각 입에 넣으며 조용히 되뇌었다. 나도 알고 너도 알고 우리가 다 아는 진실. 이 일은 70퍼센트로 되는 일이 아니다. 100퍼센트로는 겨우 입장권을 얻을 수 있고 진짜 승부는 120퍼센트 때부터 시작된다. 때로는 체력을 외상으로 끌어오고 감정은 적금처럼 깨가며 인내력은 대출까지 당겨서 겨우 버텨낸다.

우리는 70퍼센트를 이상理想으로 간직한 채 150퍼센트짜리 현실을 살아내는 사람들이다. 그래도 그날 케이크는 참 달콤했다. 그 안에 담긴 후배의 진심 덕분에.

드라마가 끝난 뒤, 연속극을 쓰는 동료 작가들끼리 조출한 회식을 가졌다.

"너는 오른쪽 엉덩이로 버텼어, 왼쪽 엉덩이로 버텼어?"

"난 좌측은 이미 나갔고, 우측으로만 밀고 왔지."

"나는 25회까신 앙쪽 엉덩이 번갈아 썼는데 40회 넘어가면서는 꼬리뼈 하나로 밀고 갔다."

이쯤 되면 회식이 아니라 '지구력 대전'이었다. 누가 더 오래 앉아 있었는지, 누가 더 많이 파스를 붙였는지, 누가 더 자주 병원 접수를 했는지. 패배자들만 가득한 대결 말이다.

장편드라마는 사실상 종합 스포츠다. 심장박동은 늘 마감의 호루라기와 함께 뛰고, 소화는 스트레스와 협상중이고, 기억력은 27회 쓰면 5회 내용이 삭제되는 정도다. 정말 웃긴 건, 그 와 중에 다들 차기작 이야기를 하고 있었다는 것이다.

"너 다음엔 뭐 할 거야?" "이번엔 미니로 하려고."

다들 파스 붙이고 위장약을 에너지드링크처럼 들이마시면서 하루에 세 번씩 외친다.

"다신 안 해. 진짜 이번이 마지막이야."

그 말은 회차 말미의 클리셰만큼이나 신뢰도가 낮다는 것을 우리 모두 알고 있다. 왜냐하면 누가 이번에 차기작 들어간다는 소문만 돌아도 다들 표정이 달라지기 때문이다. 눈빛에 다시 총 기가 생기고 심장은 갑자기 플롯을 향해 뛰며 머릿속에선 등장 인물들이 회의실을 차리고 앉는다.

작가는 그런 사람들이다. 지쳤다고 눕지만 아이디어 하나에 벌떡 일어나는 사람들. 마감에 쫓기면서도 공백기엔 또 마감을 그리워하는 이상한 사람들. 자기감정보다 인물의 감정에 먼저 울고, 자기 삶보다 회차를 먼저 걱정하는 사람들. 고장난 프린터 처럼 손가락을 버벅거리다가도 마감 삼십 분 전엔 광속 타자를 날리는 사람들이다.

그날 밤 모두 잔을 들었다. "자, 다음 드라마를, 위하여(그리고 다음 마감을 위하여, 또 다음 파스를 위하여……)!"

그 누구도 '진짜 마지막'이라 말하지 않았다. 다만 조용히 빌었을 뿐이다. 부디 다음엔 좀 덜 미치게 해주세요. 그런데 또 재밌는 작품 만나면 미쳐도 괜찮아요.

내가 사랑한 악역

드라마를 기획하는 단계에서 내가 꼭 하는 일이 있다. 인물을 하나 만들어놓으면 그때부터 그 인물의 인생 이력서를 쓰기 시작한다.

단순히 '삼십대 중반, 광고회사 팀장' 같은 게 아니다. 출생연도, 고향, 그 고향의 구체적인 동네까지 파고든다. 예를 들어 전남에서 태어났다고만 정하는 게 아니라 '전남 순천시 조곡동의 조곡시장 사거리 근처'까지 정해둔다.

그다음은 가족 구성이다. 드라마에 나오든 안 나오든 부모, 조부모, 이모부, 막내 외삼촌의 이름까지 다 쓴다. 이쯤 되면 인물을 만들다가 호적등본을 한 장 완성한다.

학력과 경력도 적는다. 몇 년에 입학하고 졸업했는지와 학교 이름은 물론이고, 초등학교 때 별명부터 '중2병'은 언제 폭발했는지도 체크한다.

외모와 스타일도 정한다. 자라온 환경이 모여 지금의 외형이 나왔을 테니까. 키나 체형, 단발인지 장발인지, 매일 같은 셔츠를 입는 사람인지 아니면 계절마다 스타일이 바뀌는 사람인지도 정한다.

그가 가진 콤플렉스도 정한다. 목소리가 너무 부드러워서 강단 없어 보인다는 것에 대한 콤플레스, 어릴 때 피아노 콩쿠르에서 늘 2등만 했었다는 것에 대한 상처, 혹은 그냥 발가락이 짧아서 맨발로 슬리퍼를 못 신는 정노의 귀여운 결핍까지.

그리고 습관은 입술 깨물기. 잘하는 말은 "안 맞아, 안 맞아". 요즘 스트레스를 어떻게 푸는지, 좌우명은 뭔지, 인생 목표도 정해본다.

그렇게 인물 이력서를 다 만들고 나면 그다음에는 '이 인간들, 서로 어떻게 얽힐 건가'를 정한다. 아버지가 딸을 어떻게 생각하는지, 인생의 짐인지 덤인지. 직장동료는 그를 어떻게 여기는지. 극 속에서 어떻게 인연이 펼쳐질지 등등.

이 모든 건 대사로 나오지 않을 수도 있다. 그래도 작가는 알아야 한다. 인물들이 진짜 사람처럼 움직이려면 내가 그 사람보다 더 그 사람을 알아야 하니까. 결국 인간은 그 사람의 오늘만 봐선 알 수 없다. 그가 어떤 시간을 통과해왔는지 들여다봐야 말투 하나, 침묵 하나, 웃음의 타이밍까지 이해할 수 있다.

작가는 이야기를 쓰는 사람이기도 하지만, 한 사람의 인생을 깊이 관찰하는 사람이기도 하다. 보이지 않는 이력서를 쓰는 이 일이 지루할 때도 있고 이렇게까지 해야 하나 싶기도 하지만, 도망치지 않고 하나하나 정확하고 상세하게 적는다. 일종의 인물 탐구 시간이다. 이 과정을 거치고 나면 그 인물들이 드라마 속에서 살아 숨쉰다.

그러다보면 등장인물로 설정해놓은 악역에게도 정이 든다. 원래 악역은 미워하라고 만드는 인물이다. 드라마 속 불균형을 만들어줄 존재, 주인공을 몰아세우고 관객의 분노를 대신 받아주는 일명 '안티히어로'.

악역을 만들 때의 마인드는 이렇다. '이제 너만 욕먹으면 돼. 너 하나 쓰레기 되어주면 드라마가 산다.' 주인공을 괴롭히고 거짓말하고 갈등을 일으키는 사람, 분노를 유도하기 위한 장치이자 드라마의 균형을 깨뜨릴 도구처럼 만들어두었다.

그런데 이력서를 다 쓰고 나면 의외의 감정이 스멀스멀 올라온다. 그가 왜 그렇게 되었는지를 생각하게 된다. 어릴 적 상처, 단 한 번도 받아본 적 없는 칭찬, 부모의 외면, 열등감, 그런 것들이 천천히 쌓여 '그렇게까지 나빠야 했던 이유'가 된다. 차갑고 잔인한 선택들 뒤에 그가 누군가의 사랑이었을 시간, 누군가의 아이였을 시간을 상상하고 마는 것이다.

그의 대사가 단단해지고 그의 행동에 이유가 붙기 시작한다. 그의 날카로운 말투 속에서 자기방어로 굳어진 외로움을 듣게 되고, 그의 독한 선택 속에서 살기 위해 악을 품은 어떤 처절함을 본다. 이기적인 줄 알았던 욕망에는 버려졌던 어린 시절의 공허가 있고, 냉정함의 뒤편에는 끝내 사랑받지 못했던 시간들이 숨어 있다. 그가 왜 망가졌는지, 어떻게 삶을 버텼는지를 돌아보게 된다. 결국 그가 가엾어진다.

나도 모르게 변호사가 되어 "얘가 나쁘긴 한데, 사실 좀 짠해요" "이 캐릭터도 사정이 있어서 그런 거예요. 이해하긴 어렵지만, 이해받고 싶었을 거예요" 대본회의 중에도 자꾸 그를 '실드' 치게 된다.

이윽고 나는 불행을 누군가에게 되돌려주듯 살아야 했고 상처를 말 대신 칼로 표현할 수밖에 없었던 사람, 지켜주지 못한 사랑 앞에서 차라리 자신을 망가뜨리기로 선택한 사람을 만나게 된다. 어느새 그는 이야기를 가장 깊이 끌고 가는 사람이 된다. 그의 무너짐이 가장 아프고, 그의 웃음이 가장 귀하며 그의 한마디가 가장 무겁다. 그는 더이상 악역이 아니다. 나부터가 그를 미워하는 법을 잊고 묻는다. 이 사람은 정말 악인인가?

시대를 풍미한 드라마들에는 꼭 '사랑받는 악역'이 등장한다. 그들이 사랑받을 수 있는 이유는 마냥 나쁘고 못된 인물이라서가 아니다. 누구나 한 번쯤은 품어봤을 부정적인 감정을 갖고 있어서, 그 못된 마음이 이해가 되어서 미워할 수 없게 되는 것이다.

인물 이력서를 쓰다보면 늘 같은 결론에 도달한다. 완벽하게 착한 사람도 없고, 완벽하게 나쁜 사람도 없다. 사람이란 존재는 아침엔 선하고, 오후엔 조금 비열하고, 저녁엔 반성하고, 밤엔 다시 선해진다. 삶에는 착한 순간들이 있고, 간혹 잠깐 눈이 돌아간 순간들이 있을 뿐이다. 그래서인지 인물을 쓰다보면 "얘는 착해요!"라고 단정 짓는 게 불가능하다. 아직 자기가 먹던 떡볶이를 뺏긴 적이 없어서 착한 걸 수도 있다. 결국 인간이란, 시트콤과 멜로와 스릴러와 막장이 하나의 삶 안에 같이 사는 복합장르다.

그렇다면 내 드라마의 주인공은 누구로 해야 할까? 완벽하게 착한 사람이나 정의롭고 당당하고 멋지기만 한 사람도 아니다. 좀더 정확히 말하면 '슬픈' 사람이다.

나는 완벽한 사람에게는 쉽게 마음이 가지 않는다. 빛나는 삶을 무리 없이 사는 사람보다 자꾸만 걸려 넘어지는 사람에게 눈길이 간다. 그래서 내 드라마 속 주인공들은 무언가가 부족하고, 상처 하나쯤은 숨기고 있다. 때로는 엉뚱하고 어떨 때 아주 조용하게 무너진다. 자주 흔들리지만 그 흔들림 속에서도 끝내 자신만의 중심을 찾아내는 사람이다.

내가 바라는 주인공은 잘 사는 사람이 아니라 '잘 견디는 사람'이다. 미움받고, 오해받고, 외로워도 다시 한번 사랑을 믿어 보려 애쓰는 사람이다. 누군가를 다치게 한 뒤에는 그 죄책감에 오래 머무르는 사람, 무너진 자리에서 자신의 방식으로 다시 일어서는 사람이다. 나는 그런 사람을 이야기의 중심에 놓는다.

세상은 자꾸 강한 사람을 기억하려 하지만, 나는 약한 사람의 용기를 오래 품고 싶다. 화려하지 않아도 좋다. 다만 마음의 균열을 안고도 세상을 향해 다시 손을 뻗는 사람이라면 그는 충분히 주인공의 자격을 갖춘다. 슬픔을 조용히 버티고 눈에 띄지 않는 곳에서 자기만의 방식으로 삶을 지켜내는 것은, 말이 쉽지 실제로 해내기는 무척 어렵다. 그러니 아프지 않은 척 웃고 있지만 그 고통 안에서 뜨겁게 살아내는 사람에게 나는 이야기의 모든 빛을 건넨다. 세상이 보지 못한 그 단단함이 누군가에게 닿을 수 있기를 바라며.

현실 속에서도 나는 그런 사람이 좋다. 한 번도 결핍이 없었던 사람이 아니라 슬퍼도 고요히 버티는 사람, 그래서 결국 인생의 반전을 이뤄내는 사람, 그런 사람이 드라마 아닌 현실 속에서도 주인공이다.

인생은 함께 가는 것,
인생은 생각보다 길다는 것.
예상치도 않았던 기적 같은 새로운 일이
일어날 수도 있다는 것을 이제야 알게 됐어요.

– 〈녹색마차〉에서

밸런스의 철학

일일드라마를 쓰는 동안 원고 마감을 지키는 일도 힘들지만, 더 어려운 건 따로 있다. 짧은 시간 안에 한 회의 기승전결을 꽉 채워넣는 일이다.

삼사십 분 안에 웃음과 눈물, 흥미와 갈등, 반전과 분량까지 모두 담아내야 한다. 그 짧은 시간 속에서 사람을 웃기고 울리고 설레게 하고, 무엇보다 내일도 또 보게 만들어야 한다. 말하자면 감정의 즉석조리 시스템. 대본은 매일 '완제품 감정'이 나와야 하는 감정 공장이다. 마치 인스턴트컵라면에 만찬 코스를 욱여넣는 기분이랄까. 끓는 물 붓는 순간부터 타이머가 돌아가고 그 시간 안에 한 편의 인생을 맛있게 끓여내야 한다.

여기서 끝이 아니다. 배우들의 출연 회차를 챙겨야 한다. 작가가 대사를 써주지 않으면 그날 그 배우는 출연료를 받지 못한다. 그래서 스토리를 조금 더 밀어붙이고 싶어도 다음 신으로 훌쩍 점프해야 할 때가 많다. 분량 안배. 그 누구도 빠지면 안 되는 공평한 세계다.

그래서 일일극에서는 이런 장면이 전혀 어색하지 않다. 거실에서 숨이 끊어질 듯 오열하다가 "컷!" 소리 한 번에 눈물을 닦고 부엌으로 이동해 부침개를 뒤집는다. 톤이 안 맞는 걸 왜 모르겠나. 그러나 그날의 대사 한 줄이 누군가에겐 생계의 한 줄이라는 것도 잘 안다. 그래서 작가는 감정선을 다듬고 배우들의 회차를 세며 이야기에 저울추를 단다. 눈물도 부침개도 균형 있게 놓이도록.

분위기도 조절해야 한다. 너무 어두우면 시청자들의 하루를 짓누르고, 너무 밝으면 이야기가 바람처럼 가벼워져 아무 데도 닿지 않는다. 드라마도 삶처럼 흘러야 한다. 짙은 그늘과 맑은 빛이 하루 안에 섞여 있듯 슬픔과 웃음도 같은 시간표에 나란히 있어야 한다. 그래서 장례식 장면 뒤에 돌잔치 장면을 넣고, 눈물겨운 이별 뒤에 시장 골목의 설렘을 붙인다. 시청자가 울다 웃고, 웃다 울 수 있도록 감정의 파도를 하루 안에 오르내리게 해야 한다. 그게 일일극의 호흡이자 작가가 매일 맞춰야 하는, 보이지 않는 박자다. 그 박자를 한 번만 놓쳐도 바로 반응이 온다. "어제 회차는 왜 그렇게 칙칙했어?" "오늘은 왜 다들 낄낄대기만 해?"

작가는 매일 저울 위에 이야기를 올린다. 눈물 한 스푼, 웃음 두 스푼. 가끔은 이걸 반대로 하다가 '짜다' '싱겁다' 욕을 먹는다. 이 드라마의 요리사는 작가지만, 맛을 평가하는 건 드라마 밖에 있는 세상이다. 게다가 그 평가자는 늘 입맛이 까다롭다.

일일드라마를 쓴다는 것은 결국 '밸런스의 철학'을 견디는 일이다. 감정과 이야기 사이에서, 등장인물과 시청률 사이에서, 시청자의 공감과 제작여건 사이에서 끊임없이 중심을 잡고 무너지지 않도록 균형을 맞추는 일. 대사를 쓰기 전에 톤을 먼저 붙들고, 인물을 움직이기 전에 현실을 먼저 들여다보는 일. 그것이 이 세계에서 작가가 해야 하는 고된 줄타기다.

특히 시청자의 공감과 제작여건은 늘 서로 다른 방향에서 나를 끌어당긴다. 나는 그 사이에서 중심을 잃지 않으려 숨을 고르고 발끝으로 무게를 조율한다.

줄 아래에는 낭떠러지가 보이지만 안전망이 없다. 매일 저녁 그 줄 위에서 웃고 울리는 것이 일일드라마 작가의 일이다.

줄타기를 하는 심정으로 원고를 쓰며 두 손 모아 바란다. 부디 이 대본이 누군가의 마음에 닿을 수 있기를. 단 한 장면이라도 누군가에게 위로가 되어주기를, 단 한 줄의 대사라도 누군가에게 살아가는 힘이 되어주기를.

드라마는 수십 분짜리 허구일 뿐이지만, 그 허구가 잠깐이라도 누군가의 현실을 견디게 만드는 힘이 되어주는 그 기저을 믿으며 작가는 다음 줄 위로 발을 옮긴다. 그렇게 작가는 또 하나의 하루를 드라마라는 이름으로 살아낸다. 누군가는 그걸 방송이라 부르고 누군가는 콘텐츠라 부르겠지만, 작가에게는 오늘 하루의 모든 에너지를 다해 쓴 작은 생애였다.

물론 그 생애는 내일이면 지워지고 다시 새로 써야 한다. 어제 쓴 생애가 오늘 보면 어색해서 밤새 고쳐 쓴 적도 한두 번이 아니다. 시청자 반응에 따라 생애의 절반을 갈아엎기도 한다.

그래도 괜찮다. 어차피 이 생애의 목적은 내가 오래 기억되는 것이 아니라 시청자에게 "오늘 저녁 재미있었다"라는 한마디를 듣는 거니까. 그 한마디면 또 내일의 생애를 시작할 이유로 충분하다.

내 손가락 위의 방향지시등

글 쓰는 직업을 가진 이후로 손가락에 아주 작은 무게도 더하기 싫었다. 원고지에 글을 쓸 때는 걸리적거려서, 컴퓨터로 작업을 시작한 후부터는 타이핑이 느려지는 것 같아 반지를 끼지 않았다. 그런데 액세서리용이나 결혼반지도 멀리하던 내 손가락에 언젠가부터 반지 하나가 자리했다. 글을 쓸 때 거슬리기는커녕 오히려 쓰기 전에 의식처럼 이 반지를 낀다. 엄마와의 커플링이다.

한때 나는 엄마의 '아픈 손가락'이었다. 그때의 기억을 열면 언제나 파스 냄새가 먼저 번지며 가슴이 욱신거린다.

그 당시 나는 책 관련 라디오프로그램 작가였고 그날도 여느 날처럼 책을 한아름 들고 출근길에 올랐다. 그런데 그날따라 이상하게 차가 시동이 걸리지 않는 거다. 시간이 촉박해서 결국 택시를 잡아타고 방송국으로 향했다. 방송을 무사히 마치고 다음 주에 다룰 책을 또다시 한아름 품에 안고 방송국을 나섰다. 무거운 책들을 가득 안고 택시를 잡느라 목을 빼고 있는데 좀처럼 잡히지 않았다. 그때였다. 주차라인에서 한동안 움직이지 않던 차 한 대가 아무런 예고 없이 내 쪽으로 빠르게 후진해왔다. 그 짧고 강한 충돌에 나는 그대로 쓰러졌다. 그 사고로 인대가 끊어지는 중상을 입었고 회복하는 데 꼬박 이 년이 걸렸다.

불행은 한 방향에서만 오지 않았다. 남편의 사업도 그즈음 휘청이기 시작했고 생활은 빠르게 가팔라졌다. 몸은 병원에서 무너지고 마음은 밤마다 조용히 주저앉았으며 통장에는 숫자보다 한숨이 먼저 찍혔다. 모든 게 각자의 속도로, 그러나 동시에 스러지고 그 속도를 따라잡기도 전에 나는 이미 깊은 곳으로 끌려가고 있었다.

고향에 계신 엄마의 걱정이나마 덜기 위해 나는 매일 알람을 설정해놓고 전화를 드리곤 했는데 전화를 걸기 전에 꼭 목을 풀었다. 톤은 밝게, 발음은 씩씩하게. 그런데 감정을 감추고 "엄마!" 부르면 엄마는 명확하게 진단을 내렸다. "너 무슨 일 있지." 세상엔 여러 종류의 거짓말탐지기가 있지만 엄마만큼 정밀한 감정탐지기는 없다. 숨기려 애쓴 마음도, 감춘 숨결 하나까지도 엄마는 알아챘다.

그후 어느 날이었다. 허리 수술을 하신 엄마가 며칠 우리집에 머무르고 계셨다. 엄마가 나를 조용히 부르시더니 손수건 하나를 내 손에 쥐여주셨다. 손수건 안에는 지폐들이 둘둘 말려 있었다. 번 돈이라기보다 모은 돈, 딸에게 줄 날을 기다렸던 돈이었다. 나는 울컥 올라오는 감정을 꾹 눌러 삼키며 그 지폐 싼 손수건을 다시 엄마 손에 쥐여드렸다. "저 돈 있어요. 얼마나 많이 버는데요."

다음 날 아침, 늘 하던 대로 컴퓨터 앞에 앉으려는데 책상 위에 뭔가가 놓여 있었다. 엄마의 반지였다. 평생 손가락에서 빼신 적 없던, 엄마 손의 일부가 되어버린 금반지, 세월의 흔적이 여기저기 새겨진 그 반지가 엄마 손에서 떨어져나와 내 책상에 놓여 있는 게 아닌가.

놀란 나는 반지를 들고 엄마가 주무시는 방으로 들어갔다. 얕은 숨을 고르며 깊이 잠들어 계신 엄마의 손을 바라보았다. 네번째 손가락, 육십 년 넘게 반지가 머물던 자리에, 반지가 빠져나간 자리에 하얗게 짓물러 남은 흔적, 시간이 새긴 깊은 자국이 있었다. 그토록 단단하게 손가락에 껴 있던 반지를 어떻게 빼내셨을까.

나는 소리도 내지 못하고 반지를 쥔 채 한참을 그렇게 앉아 있었다. 어쩌다 내가 엄마의 근심거리가 되었을까. 썩 괜찮은 척, 다 이겨낸 척하던 내가 너무도 작고 초라하게 느껴졌다.

엄마가 깨어나시기를 기다렸다가 반지를 돌려드리며 어이없는 표정으로 툭 말했다.

"대체 그 반지는 어떻게 뺀 거야?"

엄마도 농담처럼 대답했다.

"다 방법이 있다."

밤에 혼자 욕실에서 반지를 빼내느라 고군분투하셨을 엄마. 비누를 손가락에 묻혀 살살 달래가며 반지를 뺐다는 말에 "진짜 우리 엄마 못 말린다" 하고 웃었지만, 그 웃음 뒤에서 내 마음은 퍼렇게 멍들고 있었다.

고향으로 돌아가시던 날, 엄마가 공항에서 내 손을 꼬옥 잡으셨다. 그리고 늘 해오시던 아주 익숙한 말을 꺼내셨다.

"항상 밑을 보고 살아야 한다. 나보다 못한 사람들을 보고 살아야 한다."

내가 엄마의 아픈 손가락이라는 사실이, 내가 엄마의 걱정거리라는 사실이 너무나도 싫고 자존심이 상했다. 그래서 말이 곱게 나오지 않았다.

"도대체 내가 뭐가 어떻다고 계속 내 걱정을 하고 그래요?"

뾰족한 얼굴로 엄마를 배웅하고 집에 돌아왔다. 그런데 책상 위를 보는 순간 숨이 턱 막혔다. 엄마에게 돌려드렸던 손수건이 다시 책상 위에 놓여 있었다. 다시 돌아온 손수건에 싸인 꼬깃꼬깃한 지폐들, 그 옆에 같이 두고 가신 엄마의 반지. 손수건을 펼치자 파스 냄새가 확 풍겨왔다. 허리가 아파 파스를 달고 살았던 엄마, 그 허리춤에 오래오래 머물렀을 지폐를 싼 손수건. 엄마의 그 냄새가 명치끝을 아프게 찔렀다. 나는 그 자리에 주저앉아 오래 울었다.

시간이 흘러 마침내 나는 엄마에게 근사한 반지를 선물할 수 있는 날을 맞았다.

사람들은 약지에 반지를 낀다. 사랑하는 사람이 있다는 표현. 세상에 단 하나, '나의 사람'이 있다는 조용한 고백. 그리스 속설에 따르면 약지는 혈관이 심장까지 이어져 있어서 결혼반지나 청혼반지는 그 손가락에 끼운단다. 그리고 다섯 손가락 중에 유일하게 네번째 손가락만 홀로서기가 안 된다. 나 혼자서는 안 되니 당신과 함께하겠다는 의미로 네번째 손가락에 결혼반지를 끼는 게 아닐까 싶다. 사랑의 길, 심장으로 이어지는 통로이니까. 비슷한 속설로 솔로 선언을 하는 사람들은 자유를 뜻하는 엄지에 반지를 낀다. 홀로 괜찮다고 나 자신과 약속하는 자리.

그렇다면 엄마와의 커플링은 어디에 끼면 좋을까. 문득 검지가 눈에 들어왔다. 검지는 길과 방향을 보여준다. 어릴 적에 "어디?" 하고 내가 물으면 엄마는 말보다 먼저 손가락으로 어딘가를 가리키곤 했다. 엄마의 그 손가락은 내 삶의 첫 화살표였다. 내가 흔들릴 때마다 떠올리는 엄마의 손가락은 내 마음의 방향 지시등이었다. 그래서 나는 엄마와의 커플링을 검지에 끼기로 했다.

우리가 반지를 끼며 나눈 약속은 단 하나였다. 그저 행복할
것. 엄마와 나는 그렇게 서로의 약속을 손가락에 나눠 끼었다.
그날 이후 나는 매일 그 약속을 지키기 위해 애썼다. 더 많이 웃
고, 더 자주 기뻐하고, 더 적극적으로 행복해지려 애썼다. 엄마
도 말했다.

"이 반지 보면 힘이 나. 이게 있으니까 안 무서워."

작은 반지 하나였지만 그 안에는 우리가 서로에게 건넨 따스
한 위로와 단단한 응원이 들어 있었다. 여전히 세상의 벽은 완
고했지만, 엄마와 나눠 낀 그 손가락으로 문을 두드렸다. 열리지
않으면 더 힘차게 다시 한번 똑똑똑. 엄마와의 커플링 낀 손으
로 두드리면 신기하게 대답이 들렸다.

나의 이 이야기는 드라마에도 담겼다. 내가 겪은 감정과 순간
을 드라마에 옮겨놓았다. 방송이 나가고 얼마 뒤 제작진이 전해
줬다.

"작가님, 시청자 반응 중에 그 장면을 보고 엄마와 커플링을
만들었다는 말이 있네요."

작가로서의 가장 은밀하고 개인적인 이야기, 그 고백 같은 장

면 하나가 어디선가 누군가의 마음을 두드렸다는 사실. 그건 작가에게 있어서 이야기가 세상과 닿았다는 증거이자 다시 쓰고 싶어지는 이유가 된다.

이제 엄마는 하늘나라에 계신다. 그러나 엄마와의 약속을 끼고 있는 손가락은 여전히 내 인생의 방향을 가리킨다. 주저앉고 싶을 때 그 손가락이 아주 작게 흔들린다. 한 걸음만 내디뎌보라고. 불행이 영혼을 잠식하려는 순간이면 그 손가락이 다시 흔들린다. 감사한 일이 얼마나 많냐고.

엄마가 가리키던 세상, 엄마가 사랑하던 사람, 엄마가 믿었던 마음의 그 길 위에서 나는 엄마 따라쟁이가 되어 걸어간다. 반지를 낀 이 손가락으로 방향을 가늠하고, 자꾸만 흐트러지는 마음을 단단히 붙잡는다. 엄마가 내게 남겨준, 작지만 예쁘게 반짝이는 유산, 그 반지를 보며 엄마에게 약속을 전한다.

잘 걸어갈게요. 엄마가 가리키신 그 방향을 따라 한 걸음 한 걸음. 가끔 비틀거리긴 하지만 잘 추스르며 똑바로 내 길을 걸어갈게요. 결코 멈추지 않을게요.

엄마의 등은, 나를 지켜주는 든든한 언덕이었다.

하늘처럼 높던 그 언덕이 자꾸만 굽어진다.

언덕이 낮아져 푹푹 꺼진다.

- 〈결혼하자 맹꽁아!〉에서

쉽게 쓸 것, 아름답게 쓸 것

2015년, 일본 작가 아사다 지로가 한국에 왔다. 방송작가협회에서 매년 세계적인 작가를 초청해 특강을 여는 '방송작가 마스터클래스' 자리였는데, 그해에는 〈CSI〉 시리즈의 제작자 앤서니 자이커와 소설가 아사다 지로가 왔다.

아사다 지로를 추천한 사람은 바로 나였다. 나는 그 특강의 기획위원으로 삼 년째 참여중이었는데 '세계적인 작가' 리스트 속에 그의 이름을 넣고 강력 어필했다.

"아사다 지로는 스토리텔링의 깊이와 서사의 온도를 겸비한 작가입니다. 지금 한국 드라마가 가장 참고해야 할 문법을 가진 인물이죠. 한국 드라마작가들에게도 분명한 영감이 될 겁니다."

지금도 회의록 어딘가에는 그해 아사다 지로 추천자로 내 이름이, 그리고 그 옆 괄호 안에 '※ 추천자: 송정림 작가. 열정적이었음'이라고 작게 쓰여 있을 것이다.

그 당시 나는 영화 〈파이란〉의 원작 「러브 레터」를 읽고 아사다 지로의 문체에 제대로 빠져 있었다. 그의 책을 남김없이 사서 읽었다. 단편이든 장편이든 상관없었다. 아무리 짧아도 그 안에는 반드시 드라마틱한 서사가 있었고, 문장은 한 글자 한 글자 눌러 쓴 듯 시적이면서 부드럽고 예리했다. "아, 진짜 너무 잘 쓴다!" 질투어린 감탄사를 터뜨리며 그의 재능을 부러워했다.

시몬 드 보부아르가 플로베르를 두고 "그와 같은 시대를 살았다는 것만으로도 행복하다"라고 했다던가. 나는 아사다 지로와 동시대 작가라는 사실이 기뻤다.

그가 엄청난 다작 작가라는 사실도 맘에 들었다. 나는 내 나름대로 글을 꾸준히 쓰는 작가였다. 눈 뜨자마자 커피보다 먼저 단어를 꺼내 쓰는 새벽형 작가였고, 아침마다 하루 한 편 에세이를 쓰다보니 자연스럽게 책도 자주 냈다. 이런 자신감도 있었다. "꾸준함만큼은 나도 꽤 괜찮지 않나?"

그런데 그 모든 자부심이 아사다 지로 앞에서 아주 조용히 무너졌다. '이번엔 좀 빨리 썼다' 싶은 책이 반년 만에 나와 혼자 기뻐서 어깨를 들썩였는데, 그분은 한 해에 다섯 권도 냈다. 나는 글을 쓰며 사는 사람이었고, 그분은 글과 살고 있는 사람이었다. 나는 삶에 책상을 들여놓고, 그분은 삶 자체를 원고지로 깔아놓은 느낌이랄까.

아사다 지로가 강연을 하는 날, 나는 기획자로서 누구보다 부지런하게 현장에 도착했다. 서울 동대문디자인플라자에서는 착착 리허설이 진행되고 있었다. 곧 아사다 지로 작가가 등장했다. 한눈에 보기에도 '나, 작가입니다'라는 아우라가 느껴졌다. 평생 글을 써온 사람들의 얼굴에는 특유의 인상이 있다. 눈빛이 맑으면서 사람을 꿰뚫는 듯한 느낌이 그에게도 있었다.

실물 영접에 가슴이 벅차오르는 중이었는데 그가 단상으로 걸어나가더니 첫마디를 꺼냈다. "꽃이 없네요." 그리고 아주 담담하게 말했다. "꽃을 좀 부탁드립니다."

그가 가장 먼저 찾은 것은 생수도 마이크도 아니고 자료도 아닌 꽃이었다. 그 섬세한 한마디에 현장이 잠깐 얼어붙었다. 준비위원들이 급하게 몸을 움직였고 얼마 후 꽃이 도착했다. 그 꽃이 강연자의 탁자 위에 놓이고 나서야 아사다 지로의 표정이 눈에 띄게 환해졌다. '아, 이제 됐다'라는 표정이었다.

그렇게 강연이 시작되었는데, 그는 처음부터 꽃 이야기를 꺼냈다. 뭔가를 살 때 순서가 있다고 했다. 1번 꽃, 2번 책, 3번 밥. 밥은 못 먹어도 괜찮지만 꽃이 없으면 안 된다는 것이다.

그는 치열한 글쓰기일수록 꽃을 보며 나름의 균형을 잡았던 것 아닐까. 쓰는 사람으로서, 인간으로서 무엇을 지켜야 하는지를 매일 꽃을 보며 되새긴 건 아닐까. 삶의 미학이라는 단어가 두 발로 걸어다니고 있는 걸 본 기분이었다. 삶 자체를 본인의 문장처럼 사는 분이라는 생각이 늘었나.

그는 글을 쓸 때 딱 두 가지만 염두에 둔다고 했다. "쉽게 쓸 것. 아름답게 쓸 것."

그의 말이 내 가슴을 또 한번 쳤다. 내 글은 사람들의 가슴에 쉽게 도착할 수 있을 만큼 쉬웠을까. 내 글은 원고지에 꽃잎이 내리듯 아름다웠을까. 쉽게. 아름답게. 이 두 가지가 가장 어렵다. 쉽게 쓰기 위해서는 생각이 명료해야 하고, 아름답게 쓰

기 위해서는 마음이 단정해야 한다. 아사다 지로가 이렇게 말하는 듯했다. '글은 곧 사람이다.'

내가 가장 궁금했던 것은 다작에 대한 그의 생각이었다. 그의 어마어마한 작업량이 도대체 어떻게 가능한지 알고 싶었다.

"저에게 와타나베 준이치 선배가 말했습니다. 좋은 것을 많이 쓰지 않으면 안 된다고요. 그 저주에 가까운 충고를 듣고 결국 100권까지 쓰게 되었습니다."

세상에, 저서가 100권이라니! 그는 한 해에 책을 몇 권씩이나 내는 다작 중의 다작 작가였다.

그는 작가를 네 종류로 나눴다. 좋지 않은 글을 아주 가끔 내는 작가, 좋은 글을 아주 가끔 내는 작가, 좋지 않은 글을 자주 내는 작가, 좋은 글을 자주 내는 작가. 아사다 지로는 네번째 '좋은 글을 자주 내는 작가'를 지향한다고 했다.

속으로 나의 위치를 점검했다. '좋지 않은 글을 아주 가끔? 아니지. 좋은 글을 아주 가끔? 글쎄. 좋지 않은 글을 자주? 아니길 바라지만.' 마침내 정직하게 결론 내렸다. 나는 혹시 다섯번째 부류는 아닐까? '뭐라도 쓰긴 쓰는 작가.' 장르 불문, 형식

불문, 마감만 오면 무조건 뭐라도 써내는 근성 100퍼센트, 품질은 그날의 운에 맡기는 생존형 작가 유형. 이름 없는 다섯번째 범주. '일단 써놓고 보자'형 작가. 괜히 어깨가 움츠러들며 더 열심히 메모하는 척 고개를 푹 숙였다.

아사다 지로는 그의 하루를 고백했다. 그는 아침 다섯시면 일어나 커피를 내리며 하루를 시작한다고 했다. 커피 향을 한 번 들이마시며 스스로에게 외친다는 것이다. "자, 시작이다!"

아침 다섯시에 일어나는 것도, 커피를 내리며 스스로 출근 벨을 울리는 것도 나와 비슷했다. 속으로 연대감을 느꼈다. 글을 쓰기 위해 눈을 뜨고, 글을 쓰기 위해 혼잣말로 자신을 호출하는 것도 같았다. 마치 멀리 있는 누군가와 아무 약속 없이 같은 시간에 일어나 각자의 자리에서 조용히 불을 켜는 것 같은 공감이 스쳤다.

이어서 나와 비슷한 또다른 생활습관을 꺼내놓았다. "저는 밤에 술을 마시지 않아요. 술을 마시지 않으면 밤이 길어지거든요." 아사다 지로의 말에 따르면, 술 한 잔 마시지 않는 밤엔 그 자체로 두 배의 시간을 선물받는다고 했다. 그는 그 조용하고 긴 밤을 글을 위해 온전히 바친다. 글을 쓰기 위해 밤의 유혹과 타협하지 않기로 한 사람, 스스로에게 맑은 정신을 허락한 작가, 술잔 대신 펜을 들고 앉아 더 오래, 더 깊이 글 속을 걸어가는 사람이었다.

아사다 지로의 작품은 '타고난 재능'이라는 말 하나로는 설명되지 않는다. 그는 단순히 '잘 쓰는 작가'가 아니었다. '글을 위해 사는 사람'이었다. 그리고 그 삶은 생각보다 훨씬 더 철저하고 치열했다. 그가 쓴 문장은 아름답기만 한 게 아니었다. 누구에게나 쉽게 읽히길 바라면서도 그 누구도 흉내낼 수 없는 밀도로 다져진 것이었다. 그러니까 그는 글을 쓰는 노동자이자 언어를 다듬는 장인이었고 동시에 아름다움을 꿈꾸는 예술가였다.

아사다 지로의 강연은 단지 '잘 쓰는 법'을 알려주는 게 아니었다. '어떻게 살 것인가'를 묻는 한 편의 산문이었다.

우리가 사는 일은 아름다움을 추구하는 과정이 아닐까. 소설가는 더 아름답게 글을 써야 하고, 건축가는 더 아름답게 집을 지어야 한다. 누군가는 아름답게 요리하고, 누군가는 아름답게 사랑한다. 그 아름다움이 꼭 화려하거나 완벽해야 한다는 뜻은 아니다. 때로는 조용한 문장, 때로는 비틀린 벽돌 하나, 그 안에 깃든 진심과 맑은 의도가 무언가를 아름답게 만든다.

아사다 지로의 말처럼 아름다운 것을 최우선으로 삼겠다는 마음. 그 단순하고도 단단한 다짐이 아름다움을 창조해내는 시작점이 되는 것이다. 재능보다 태도, 속도보다 온도. 결국 우리를 움직이게 하는 건 무엇이든 '더 아름답게' 하고 싶다는 바람이 아닐까.

누군가 아사다 지로의 문장을 두고 '원고지 위에 눈이 내리는 것 같다'라고 표현했다. 하지만 내가 그의 글을 읽을 때 떠올리는 것은 꽃잎이다. 벚꽃의 연분홍, 수국의 옅은 보라, 때로는 동백의 짙은 붉음이 페이지 사이로 소용히 흘러내린다.

그의 문장은 마치 계절의 색이 문장으로 번져 책장 위에 살며시 내려앉는 풍경 같다. 세상의 아름다움이 그의 펜 끝을 통과해 고요히 번역되는 듯한 문장들. 그의 글을 다 읽고 나면 글 속에 흩날리던 꽃잎 하나가 내 마음에 사르르 도착한 듯 아주 연하고 부드러운 울림이 남는다. 내가 조금 더 아름다워진 것 같은 기분을 느낀다.

아사다 지로와 나는 닮은 점이 제법 많다. 그런데 하나, 분명한 차이가 있다. 나는 아직 책에 꽃잎을 날리지 못한다. 언제쯤이면 나도 읽는 이의 마음 위에 꽃잎 하나 조용히 내려앉힐 수 있을까? 언제쯤이면 원고에 아름다운 것들이 흩날리게 할 수 있을까?

그 생각을 하며 새벽 다섯시에 커피를 내린다. 그리고 원고 앞에 앉아 혼잣말한다. "쉽게 쓸 것. 아름답게 쓸 것." 그 두 가지 원칙이 자판 위에서 시동을 건다.

인생에 대한 다짐도 해본다. 나는 문장도 삶도 조금은 덜 어긋나고 덜 고집스럽게, 그러면서도 나만의 결을 지닌 채 마음이 닿는 방향으로 부드럽게 흐르기를 바란다. 버둥거리며 단어를 쥐어짜는 인생이 아니라 물처럼 흘러가되 아름다움 앞에서는 잠시 머물고 싶다. 한 줄의 문장처럼 삶도 곧게 쓰고, 한 편의 이야기처럼 고요하고 따뜻하게 마무리하고 싶다.

글을 쓰는 마음으로 살아가려 한다. 꽃잎 내리듯 꽃향기 스치듯 사뿐사뿐 향긋향긋.

나를 작사가로 만들어준 드라마

종영한 지 한참이 지났는데도 여전히 대본 파일을 열지 못하는 작품이 있다. 괜히 다시 읽었다가 감정의 진흙탕에 또 빠질까봐. 누군가 "가장 힘들었던 작품이 뭐예요?" 하고 물으면, 나는 잠시 웃다가 이 드라마를 떠올린다. 그리고 혼잣말처럼 중얼거린다. "아, 그 애는 아직도 속상해요."

〈슬플 때 사랑한다〉는 끝내 내 마음에서 퇴고되지 않았다. 그래서 떠올리기만 해도 마음 한쪽이 아려오는 작품이다. 번듯하게 잘 낳았는데 그 잘난 자식이 세상 풍파에 휘청이는 것을 속수무책으로 지켜봐야 했던 어미 심정이랄까. 가슴이 쿵 내려앉던 날이 한두 번이 아니었다.

그 드라마의 시작점을 찾으려면 오래전 그날로 가야 한다. 1999년, 작품을 막 끝낸 나는 잠시 숨을 고르기 위해 당시 일본에서 유학중이던 동생 정미의 자취방에 머물렀다. 그 작은 방에는 밤 열시가 되면 정숙해야 하는 규칙이 있었다. 정미는 세상의 모든 소음을 차단한 채 TV 앞에 앉았다. 드라마에 집중하기 위해서였다. 한번은 그 시간대에 후배가 걸어온 전화를 받고 "드라마 보는 중인데 왜 전화를 해?" 하고 화를 냈을 정도로 그 드라마에 진심이었다. 노지마 신지 작가가 쓴 〈아름다운 사람〉이었다. 그때만 해도 일본 드라마를 국내에서 구해 보기가 힘들었고, 더구나 인터넷에서 스트리밍하는 일은 있을 수도 없었다. 나도 슬쩍 옆에 앉아서 정미의 실시간 통역을 받아가며 작품에 빠져들기 시작했다.

한국에 돌아온 뒤에도 그 드라마는 마음에 오래 남았다. 장면 하나, 대사 하나가 자꾸 감정을 건드렸다. 그 작품을 원작으로 한 드라마 기획안을 써보기로 했다. 단순 리메이크가 아니라 정서와 서사를 재창조할 참이었다. 한국이라는 땅 위에서도 이 감정이 설득력을 가질 수 있을까, 인물들의 감정을 어디까지 밀어붙일 수 있을까를 진지하게 고민하며 기획안을 써내려갔다. 그 과정에서 드라마의 핵심 배경이 되는 성형외과를 여러 차례 취재했다. 의료 장비, 수술 과정, 의사의 시선, 환자의 심리까지 장면 하나도 허투루 흘리지 않겠다는 마음으로 기획안을 다듬고 또 다듬었다. 그 이야기는 그렇게 내 안에서 한 겹 한 겹 현실이 되어갔다.

기획안을 처음 내놓았을 때 "재밌다" "감정이 깊다"라는 피드백을 들었고 관심을 보이는 제작사도 있었다. 하지만 결정의 문턱은 높았다. 원작 구입이라는 실질적인 움직임까지 이어지는 제작사는 없었다. 세월이 흘러 기획안은 내 서랍 속에서 조용히 나이를 먹었다.

그런데 나의 다른 작품을 계약하게 된 제작사에 그 기획안을 다시 꺼내 제출했더니 반응이 있었다. "재밌겠는데요, 원작 구입할까요?" 그 말 한마디가 긴 기다림의 끝에 환하게 빛났다. 기회를 다시 잡았다는 확신이 들자 나는 신이 나서 대본 작업에 몰입했다. 그동안 서랍 속에 묵혀둔 이야기가 이제야 제대로 호흡을 시작한 느낌이었다.

기획안과 대본 네 편을 묶어 제작사가 방송사에 제출했고 며칠 뒤 MBC에서 연락이 왔다. "대본, 정말 재미있게 봤습니다. 미니시리즈로 편성할게요."

드디어 드라마가 세상에 나올 준비를 마쳤다. 제작사는 배우 캐스팅에 착수했고 톱스타들이 하나둘 긍정적인 답을 주기 시작했다. "저도 이 작품 꼭 하고 싶어요." "이 대본, 진짜 재밌네요." 들려오는 반응에 심장이 뛰었다. 나는 연속극을 주로 쓰는 작가였다. 장르를 가리는 건 아니지만 '이제 나도 미니시리즈를 쓴다!' 생각하니 가슴이 벅찼다.

대본에 혼을 실어 더 열렬히 써내려갔고, 제출할 때마다 피드백이 더할 나위 없이 좋았다. "작가님, 진짜 잘 읽었어요" "우리 회사 창사 이래 가장 재밌는 대본입니다!"라는 제작사의 말에 기뻐서 춤이라도 추고 싶었다.

하지만 그 모든 준비 앞에는 '원작 구입'이라는 큰 문이 남아 있었다. 원작 구입은 예상보다 시간이 걸렸다. 절차는 복잡했고 답변은 느렸다. 그 사이 계절이 두어 번 바뀌었다. 나는 원작 계약이 순조롭기를 바라며 묵묵히 대본을 써나갔다.

얼마 후 드디어 반가운 말이 들렸다. "원작 구입, 성사됐습니다." 나는 탄성을 질렀다. 아, 이제 됐다! 이 이야기가 정말 세상으로 나가게 되는구나!

그런데 이게 무슨 일인가. 모든 톱니바퀴가 순조롭게 맞물리며 돌아가기 시작하던 바로 그때, 뜻밖의 소식이 닥쳐왔다. "다른 방송사에서 비슷한 드라마가 시작됐대요."

줄거리도 정서도 핵심 설정까지 거의 같았다. 머리가 하얘졌다. 그 대본은 내가 몇 년을 껴안고 수없이 갈고 다듬고 아껴온 이야기였다. 그런데 세상에 먼저 나와버렸다고? 이게 어떻게 된 일이지? 어디서부터 잘못된 거지? 그대로 주저앉아 머리를 부여잡고 한참을 말도 못 했다. 제작사와 방송사는 곧바로 비상회의에 돌입했고 문제의 경로를 파악하기 위해 모든 과정을 하나하나 되짚어야 했다. 열렸던 문이 눈앞에서 쿵 닫혔다.

결국 드라마 편성은 무산됐다. '이미 나간 작품'이 돼버렸기 때문이다. 발을 내딛기도 전에 세상이 꺼진 느낌이었다.

나는 무너진 자리에서 쉽게 일어나지 못했다. 그 여름 내내 침대에 누워 있었다. 누군가가 나를 주먹으로 계속 때리는 것 같은 통증. 그것도 그냥 맞은 게 아니라 질 나쁜 동네 깡패한테 뒤통수 맞은 느낌. 기분까지 나쁜 그 통증에 일어날 수가 없었다. 이제는 별일을 다 겪는구나. 신이 나한테 드라마를 쓰지 말라고 하는 건가. 체념이 내 영혼을 갉아먹고 있었다. 대사를 쓰는 대신 절망의 변주를 곱씹으며 그 계절을 다 흘려보냈다.

제작사는 표절 문제로 법적 대응까지 고려했다. 단호하게 모든 걸 준비했다. 하지만 나는 고개를 저었다. 그러지 말자고 했다. 시끄러워지는 것도 싫었고 사람들 입에 오르내리는 일은 생각만 해도 피곤했다. 무엇보다 그 이야기를 다시 꺼내는 것 자체가 나에게는 또 하나의 상처였다. 나는 그저 내려놓고 싶었다. 다만 제작사 입장에서는 어렵게 구입한 원작을 그냥 묻을 수는 없었다. 금전적으로도 막대한 손해를 보는 일이었으니까. 나만 내려놓으면 끝날 일이 아니었던 것이다.

다행히 대본을 좋게 봐주었던 MBC의 김승모 CP님이 다시금 제안해왔다. 시기를 봐서 미니시리즈가 아닌 주말드라마로 만들어보자고. 무너져 있던 자리에서 다시 일어설 수밖에 없었다. 이미 원작료를 지불해버린 제작사가 모든 기대를 안고 기다리고 있는 상황에서 혼자 포기할 수는 없었다.

다시 책상 앞에 앉았다. 하지만 대본을 단순히 이어 쓸 수는 없었다. 타 방송에서 나간 내용을 모두 걷어내야 했다. 줄기에서 줄기를 쳐내고 감정을 뜯어내고 대사를 비우고 플롯을 다시 세워야 했다. 같은 인물에게 완전히 다른 삶을 입히는 작업이었다. 그들에게 다시 살아갈 길을 써줘야 했다.

수정하는 내내 자꾸 눈물이 흘렀다. 그게 어떤 감정인지 나도 잘 몰랐다. 억울함이나 분노라기엔 너무 깊었고 그냥 슬프다 하기엔 복잡했다. 그 모든 걸 안고도 계속 써야만 했던 '고달픔', 그게 가장 가까운 이름일 것이다.

울면서 글을 쓰던 어느 날, "비 오는 날엔 꽃을 꽂으라"라는 아버지의 말이 생각났다. 안 좋은 일이 있거나 마음이 가라앉는 날일수록 집 안은 환하게 하라는 아버지의 말이 나를 일어서게 했다.

꽃을 사러 나섰다. 매주 꽃의 종류를 바꿔가며 화병에 꽃을 꽂았다. 무너진 마음을 달래기 위해서가 아니라 그 마음으로라도 써야 했기 때문이다. 꽃을 꽂는 일이 습관이 되면서 자연스럽게 집 안엔 꽃병이 늘어났다. 그러다보니 꽃말에도 관심이 생겼고 그 의미들이 이야기와 묘하게 겹쳐 보이기 시작했다. 그래서 어느 순간부터 각 회차의 제목에 꽃말을 붙이기 시작했다. '슬플 때 사랑한다'라는 제목도 그중 하나였다.

"당신이 슬플 때에도 나는 당신을 사랑합니다." 용담화의 꽃말이다. 마지막 회 제목으로 이 문장을 올려두었다. 사랑의 의미를 한 줄로 이렇게 잘 담은 말도 드물다고 생각했기 때문이다. 이 드라마에 꽃말과 꽃 이미지를 덧입혀서라도 새로운 느낌을 주고 싶었다.

드라마 제작발표회 날, 나는 객석 한쪽에 조용히 앉아 있었다. 배우들이 무대 위에서 웃고 있었고, 카메라 셔터 소리가 여기저기서 터졌고, 어느새 작품이 '나를 떠난 이야기'가 되어가고 있었다. 그 순간 사회자가 불쑥 내게 마이크를 넘겼다.

"작가님, 객석에 앉아 계시지만 한마디 여쭙겠습니다. 드라마를 시작하는 소감이 어떻습니까?"

갑자기 그동안의 맘고생이 한꺼번에 밀려들었다. 나는 겨우 마이크를 들고 한마디를 꺼냈다. "이런 날이 오네요."

그 한마디가 다였다. 그 말 뒤로는 목이 메어 아무 말도 잇지 못했다. 기획이 좌초되고, 편성이 무산되고, 대본을 찢어 다시 쓰고, 침대에 엎드린 채 흘린 눈물들. 그 모든 시간이 한 장면처럼 머릿속을 스쳐지나갔다. 〈슬플 때 사랑한다〉는 그냥 만들어진 드라마가 아니었다. 시작됐다는 것 자체가 기적이었다.

방송은 그 이후로도 아슬아슬한 외줄타기의 연속이었다. 출연 배우에게 작품 외적으로 문제가 생겼고 여론은 들끓었다. 더군다나 동시간대에 옆 방송국에서는 말 그대로 '휩쓸고 지나가는' 드라마가 방영중이었다. 매주 화제였고 매 장면이 이슈였다. 그런 드라마와 나란히 경쟁을 한다는 것은 가느다란 종이배로 파도를 마주하는 느낌이었다. 한 회 한 회, 드라마의 생존 여부가 불투명했던 그때에는 모든 순간들이 다 상처였다. 동료들이 걱정해주는 말조차 쓰디썼고 상황을 체크하고 알려주는 말들도 모두 아팠다.

그저 드라마가 무사히 완주하기만을 간절히 바랐다. 누구 하나 다치지 않고 이야기가 온전히 끝까지 살아남기를. 방영 내내 나는 대본보다 기도를 더 오래 붙잡고 있었다. 그 덕분인지 알

수는 없지만 〈슬플 때 사랑한다〉는 끝까지 무너지지 않았다. 숱한 파도를 견디면서도 나쁘지 않은 성적으로 제 자리를 지켜냈다. 그 사실 하나만으로도 나는 충분히 안도했고 마음 깊이 감사했다.

마지막 회가 방송을 타던 날에는 제작진과 함께 여행을 떠나 있었다. 사람들에게서 벗어나 나는 다른 방에 혼자 앉아 있었다. 누군가의 삶을 한 장씩 정리하듯 TV에서는 배우들과 제작진의 이름이 천천히 화면을 지나갔다. 나는 리모컨을 들고 아무 버튼도 누르지 못했다. 그저 가만히 드라마가 끝난 화면을 한참 동안 바라보고 있었다.

진짜 끝이 났다는 실감은 항상 몇 초 늦게 온다. 몸에서 무언가가 빠져나가고 그다음 마음에 신호가 온다. 작가는 이야기를 보내는 사람이다. 그렇기에 마지막 회를 쓰는 순간보다 마지막 회를 보내는 순간이 훨씬 더 아프다. 조용한 기념, 아무도 모르는 퇴장. 나는 두 팔로 양어깨를 감싸고 이 한마디를 중얼거렸다. "잘 견뎠다."

〈슬플 때 사랑한다〉는 내게 가슴 아픈 드라마였지만, 아이러니하게도 나에게 '작사가'라는 또다른 타이틀을 선물해준 작품이기도 하다.

드라마가 시작되기 전, 기획안을 읽은 음악감독님이 연락을 주셨다.

"작가님, 이 시놉시스를 OST 가사로 써도 될까요?"

사실 나는 이미 작사가로 등록된 사람이었다. 몇 해 전, 한 인디밴드에서 내 에세이 『감동의 습관』을 읽고, 문장을 노래로 쓰고 싶다고 연락을 해왔었다. 나는 흔쾌히 허락했다. "제가 가난해서 작사비는 드릴 수 없지만 저작권협회에 등록은 해드릴게요." 작곡가의 배려로 나는 의도치 않게 작사가가 되었다.

이번에도 기쁜 마음으로 말했다. "얼마든지 쓰세요." 그렇게 내 문장은 멜로디에 얹혀 드라마 속을 흘러다녔고, 어느새 나는 저작권료를 받는 작사가가 되어 있었다.

슬픈 일이 있으면 기쁜 일도 한 세트로 따라온다. 어쩌면 인생이란 그렇게 울고 웃으며 다음 장면으로 넘어가는 드라마인지도 모르겠다.

지금도 〈슬플 때 사랑한다〉를 생각하면 가슴이 아려온다. 그래도 나는 이 아이를 참 많이 오래 사랑했다. 오래 품고, 많이 울고, 다시 쓰고, 그럼에도 놓지 않았다. 그리고 그 모든 시간을 지나 나는 OST 가사로 마음을 대신했다.

기쁠 때만 사랑하면 사랑이 아니죠.
슬픈 당신을 사랑합니다.
아픈 당신을 사랑합니다.
슬퍼도 아파도
당신이니까 행복해요.
- 〈슬픈 당신이 좋아〉에서

살면서 깨닫는다. 우리는 언제나 기쁠 때 사랑하기 쉽고 슬플 때 외면하기 쉽다. 하지만 진짜 사랑은 슬플수록 더 깊이 끌어안는 일이다. 외면하고 싶은 순간에도 손을 놓지 않는 일이다.

드라마도, 삶도, 그리고 사랑도 그렇다. 그래서 나는 이 드라마를, 이 슬픈 이야기를 사랑하게 되었다. 아니, 슬펐기 때문에 더 사랑하게 되었다.

어제의 나를 건너 오늘의 세상으로#

드라마를 쓴다는 건, 시대의 감정을 받아 적는 일이다. 오늘의 공기, 오늘의 말투, 오늘의 웃음과 눈물을 그대로 옮겨야 한다. 어떤 장면은 눈물 위에 놓이고, 어떤 대사는 오래된 상처의 언어로 적힌다.

문제는 감정도 언어도 오래 두면 맛이 변한다는 것이다. 한때는 뭉클했던 대사가 요즘에 와서는 손발이 오그라들고, 그 시절엔 먹히던 설정이 이제는 유치한 밈 취급을 받는다. 그래서 작가는 늘 감성의 유통기한을 확인해야 한다. 예전 감성에 눌러앉는 순간, 시청자에게 금세 '지난 시즌 드라마'로 밀려난다.

변화하는 법은 거창하지 않다. 세상과의 거리를 좁히려 애쓰는 것이 그 첫걸음이다. 세상과 사람들을 향해 귀를 열고 눈을 뜬다. '나는 시대와 무관한 예술가야' 같은 오만은 집에 두고 나오려고 한다. 카페에서, 식당에서, 산책할 때나 길을 걸을 때, 지하철이나 버스 안에서도 나는 사람들을 살핀다. 변화하는 언어와 인식, 그 작은 신호들을 놓치지 않으려 시선을 고정하고 귀를 쫑긋 세운다. 한 줄의 대사, 한 인물의 이름, 심지어 그 인물이 입고 있는 옷의 색깔에도 이 시대의 공기와 윤리가 따라붙는다.

뉴스 중에서 특히 사회면 기사는 댓글까지 살핀다. 사람들이 무엇에 공감하고, 무엇에 분노하며, 어떤 말에 상처받는지를 확인하기 위해서다. 시대가 바뀌면 단어의 온도도 달라진다. 어제까지는 농담처럼 쓰이던 표현이 오늘은 누군가에게 불쾌한 낙인이 되고, 무심코 쓴 대사가 누군가의 하루를 무겁게 만들 수도 있다.

드라마작가인 나도 드라마를 보다가 상처받을 때가 있다.
아들이 군대에 있던 때였다. 드라마 속 인물이 툭 내뱉었다. "요즘 군대? 거기 가서 축구나 하다 오잖아." 그 대사가 마음을 할퀴는 듯했다. 아들에게 면회를 갔던 날이 떠올랐다. 철문 너머로 목발을 짚고 걸어나오던 아들의 모습에 가슴이 철렁했다. "괜찮아. 훈련하다 살짝 다친 거야." 아들의 웃음 뒤에서 나는 무너져내렸다.

그후 아들은 오랫동안 치료를 받아야 했고, 지금도 종종 다리가 아프다고 한다. 군대에서의 부상은 평생 함께 가야 할 상처가 되었고, 엄마인 나는 그 무게를 곁에서 지켜봐야 한다.

그래서 "군대는 그냥 놀다 오는 곳"이라는 그 대사가 유난히 날카롭게 꽂혔다. 단 한 줄의 대사가 누군가에겐 깊은 상처가 될 수 있다는 것을, 그날 다시 절감했다.

이런 일도 있었다. 남편의 사업이 기울어지던 시절, 시어머니와 나란히 앉아 연속극을 보고 있었다. 별일 아닌 장면들이 흘러가던 중 시어머니 캐릭터가 갑자기 며느리에게 목소리를 높였다. "남편 사업이 안되는 것도 다 너 때문이야. 여자가 팔자가 세니 남편 일이 될 리가 있나!" 그 대사에 손에 쥔 리모컨이 얼음처럼 차가워졌다. 옆에 앉은 나의 시어머니는 무표정하게 화면을 바라보고 있었다. 더 당황스러웠던 것은, 그 대사에 대한 어떤 반박도 정리도 없이 장면이 툭 끊겨버렸다는 것이다. 드라마

속 누구도 "그건 아니다"라는 말을 해주지 않았다. 그 대사는 그 대로 집 안의 공기를 눌러앉혔고 현실 속 며느리인 나는 TV 속 대사에 조용히 베이고 말았다.

물론 드라마 캐릭터가 특이했을 뿐이고 전개상 그런 대사가 필요했을 것이다. 드라마는 윤리교과서가 아니라는 것도 안다. 싸우고 오해하고 상처를 주고받으며 굴러가는 게 드라마다. 나 역시 재미없는 이야기는 쓰고 싶지 않다. 정갈한 대사만 이어지는 드라마는 밍밍하다. 하지만 현실이 이미 충분히 드라마틱할 때 허구의 대사는 현실보다 더 아프게 다가올 수 있다.

작가가 자기 경험이나 좁은 지식에만 갇혀 타인의 상처를 돌아보지 못한다면 죄를 짓는 일까지는 몰라도 적어도 민망한 일이다. 그래서 나는 지금도 틈만 나면 세상 눈치를 본다. 인권감수성이란 얼마나 타인의 고통을 상상할 수 있느냐의 문제다. 내 삶에 없었던 고통이라 해도 그 상처를 더듬고 그 무게를 가늠해봐야 한다.

〈결혼하자 맹꽁아!〉를 쓸 때였다. 나는 공희에게 아이를 품게

했다. 그리고 누구의 손도 잡지 않게 했다. 결혼이라는 익숙한 안전장치도 꺼내지 않았다. 조금은 무모했다. 저녁시간에 가족이 함께 보는 일일드라마에서 "여자가 애를 낳으면 당연히 결혼은 해야지"라는 수많은 목소리를 정면으로 마주해야 했으니까. 그럼에도 요즘 여자들의 심정을 솔직하게 담아보고 싶었다. 누구의 아내가 되어야만 존중받는 시대는 이미 지나갔다고 믿었고, 아이를 낳는 결정도, 사랑을 선택하는 방식도, 그 모든 책임을 스스로 감당하려는 용기 또한 충분히 단단하고 아름답다고 믿었기 때문이다.

물론 공희는 이런저런 사정 속에서 잘못된 결혼을 선택하고 만다 하지만 그녀의 진심만큼은 분명했다. 누구의 보호 속에서가 아니라 자기 삶을 직접 선택하고 책임지려는 사람, 나는 공희를 그렇게 그리고 싶었다. 돌이켜보면 무모한 시도였지만, 그 무모함으로 현실에 말을 건네보았다. 나와 공희, 이 시대 여자들이 나눈 작은 연대였다.

드라마를 쓴다는 건 결국 사람을 쓰는 일이다. 누군가의 슬픔을 빌려 울게 하고, 누군가의 분노를 대신 토해내게 하며, 누군가의 오래된 상처를 거울처럼 비춰 보게 하는 일이다. 그래서 나는 대사를 쓰고 나면 자꾸 뒤를 돌아본다. '이 말, 혹시 누군 가에겐 너무 아픈 말 아닐까?' '이 장면, 지금 이 시대와 너무 엇나가진 않았을까?'

수정을 하고, 또 하고, 또 한다. 한 번, 두 번, 세 번…… 상처를 덮을 새 붕대를 고르는 것처럼 조심스럽게, 끝까지.

머물러 있으면 고인다. 고이면 썩는다. 그래서 나는 잠시도 멈추고 싶지 않다. 조금이라도 달라지고 스스로를 변화시키려 애쓴다. 지금 내가 쓰는 이야기가 '어제의 나'로부터 얼마나 멀어졌는지, 그리고 '오늘의 세상'에 얼마나 가까워졌는지 스스로에게 자꾸 묻는다.

작가는 질문하는 사람이다. 이 방향이 맞을까? 이 감정이 맞을까? 그 질문을 멈추지 않으려 한다. 멈추는 순간, 글은 더이상 숨쉬지 않으니까.

이 시대를 살아가는 사람을 중심에 두는 글을 쓰고 싶다. 내가 쓴 말이 누군가의 하루에 작은 불빛 하나쯤 되어준다면 그걸로 충분하다. 물론 시청률 그래프가 조금만 더 환하게 물들어주면 더 고맙겠지만.

내 마음에 길을 묻다

인생에서 가장 어려웠던 선택을 하나 꼽으라면 단연 이거다. 교사로서 남아 있을 것인가, 전업 작가로 들어설 것인가.

팔 년 동안 나는 교사와 라디오드라마 작가, 두 개의 이름으로 살았다. 낮에는 "쌤!" 소리에 둘러싸여 교정을 누비고, 밤에는 마감과 씨름하며 라디오드라마 대본을 썼다. 돈을 그만큼 많이 벌지도 않았다. 교사와 겸업이라 극본료는 거의 세금으로 증발했고, 통장은 늘 '도와드릴 게 없네요'라는 말만 했다. 그런데도 나는 계속 썼다.

어느 날, TV드라마 극본 제안이 들어왔다. 4부작 TV드라마였고 한 사람의 삶 전체를 서사화해 드라마로 재구성하는 작업이었다. 단순한 사건의 재현이 아니라 그 사람의 시간과 감정을 입체적으로 구조화해 한 편의 이야기로 설계하는 일이었다.

한 번쯤은 해보고 싶었던 일이었다. 하지만 이건 단지 '대본을 쓰는 일'만으로는 되지 않았다. 책상 앞에 앉아 단어를 고르는 시간보다 자료를 조사하고, 연출자와의 회의에 참여하고, 현장에서 함께 뛰는 시간이 더 많이 필요한 일이었다. 원고를 쓰는 일 이상의 결심을 요구했다. 오케이 하는 순간, 곧바로 서울로 생활기반을 옮겨야 하는 일이었다. 직장을, 일상을, 익숙한 리듬을, 그동안 쌓아온 안정의 판을 모두 내려놓는 선택이 필요했다.

문제는 교사 일도 적성에 딱 맞았다는 것이다. 학생들은 나를 잘 따랐고 종종 나를 언니처럼, 때로는 인생 선배처럼 대하며 마음을 털어놓곤 했다. 수업시간이면 작은 농담에도 까르르 쏟아지던 웃음소리, 시험 감독중에 들려오는 작고 고른 숨소리, 운동장 벤치에 홀로 앉은 아이에게 다가가 내 어깨를 빌려주던 순간, 어려운 집안 형편과 가족의 치부를 들키고 내 품에서 울던 아이, 축제 준비로 운동장에서 춤을 추며 깔깔 웃던 아이들. 모든 순간들이 참 따뜻했고 다정했다. 그 일을 그만둬야 할 때가 왔다고 생각하니 마음 한구석이 아릿하게 저려왔다.

나는 갈림길 앞에 섰다. 정년이 보장된 교사로 살 것인가, 매달 마감을 향해 달리는 프리랜서로 나설 것인가. 하나는 시간표와 호칭이 있는 안정된 삶. 다른 하나는 작품이 끝나면 소속도 함께 끝나는, 불안하지만 가슴이 뛰는 삶. 익숙함과 안정, 꿈과 열정 사이에서 치열하게 갈등했다. 한 발만 옮기면 모든 것이 바뀔 거라는 것을 알았기에 더 조심스러웠고 더 간절했다.

가족들은 당연히 교사직을 추천했다. "따박따박 월급 나오는 일이 좋지. 교사 되긴 쉬웠어? 한번 내려놓으면 다시 돌아가기 힘들어." "작가는 배고픈 식업이야. 안 되면 백수 되는 거잖아." "그 일이 아무나 하는 게 아니잖아." 친구들도 한목소리였다. "그 안정적인 자리를 왜 놔?" 나를 아끼는 사람들의 반응에는 나를 걱정하는 마음이 담겨 있었다.

그런데 다른 방향에서 소리가 들려왔다. "작가님, 원고가 정말 좋아요!" "작가님, 원고 기다리고 있어요!" 내가 진짜 듣고 싶었던 말은 그거였던 것 같다. '당신 이야기가 필요해요.'

결정적으로 어린 아들이 나의 출근길을 붙잡으며 말했다.
"엄마, 가지 마. 오늘은 집에 있어줘." 그 작고 간절한 목소리 앞
에 잠시 멈춰 섰다.

나는 나 자신에게 물어보았다. '어떻게 하고 싶어?' 모두의
기대도, 현실의 무게도 잠시 옆에 내려두고 내 목소리에만 귀를
기울이자 선명한 질문 하나가 뒤를 이었다. '지금 이 기회를 흘
려보내면 나중에 후회하지 않을까?'

결국 사직서를 썼다. 학생들과 눈물의 이별을 했던 그 순간
을 지금도 잊지 못한다. 눈물범벅이 된 교실, 진심어린 아쉬움,
그 속에서 번지던 순수하고 따뜻한 위로와 응원. 나는 세상에
서 가장 아름다운 배웅을 받았다. 그때 나는 이 제자들을 위해
서라도 제대로 된 작가가 되겠다고 단단하게 마음을 다졌다. 그
렇게 남편은 부산에 두고 아이만 데리고 서울로 올라왔다. 무모
했고 그만큼 진심이었다.

서울로 올라오자마자 나는 곧바로 4부작 TV시리즈 대본 작
업에 투입됐다. 〈그 집에는 술이 있다〉로, 술 만드는 명인의 인생

을 다룬 작품이었다. 첫 임무는 전주로 향하는 일이었다. 명인을 취재하러 차를 몰고 달렸고, 취재가 끝나고 다시 곧장 서울로 돌아와서는 책상에 앉아 원고를 썼다.

아이의 유치원은 내가 글 쓰는 책상에서 창밖으로 보이는 곳으로 정했다. 언제든 달려갈 수 있게, 멀리서라도 아이의 하루를 지켜볼 수 있게.

그렇게 나는 드라마작가라는 삶에 치열하게 뛰어들었다. 교사로 일하던 시절에는 '종 치면 퇴근'이라는 확실한 룰이 있었다. 하지만 프리랜서의 삶을 시작한 이후부터는 '학교 종이 땡땡땡' 대신 '마감 종이 땡땡땡' 울리는 삶으로 들어섰다. 정해진 퇴근도, 보호막도 없었다. 방풍 유리 하나 없이 망망대해에 내던져진 기분이었다. 예상대로 나의 작가생활은 그야말로 전쟁이었다. 드라마작가의 삶은 드라마보다 더 극적일 때가 많았다. 산전수전은 기본이고 멘탈이 매일매일 탈탈 털렸다.

그러나 그때의 선택을 후회하는지 묻는다면 나는 단 일 초도 주저하지 않고 대답할 수 있다. 단 한 번도 후회한 적 없다고. 고단하고 외로웠지만 내가 쓴 장면을 보며 누군가 울고 웃으면, 무거운 한숨도 깃털처럼 가벼워졌다. 부족하고 정신없고 매번 벼락치기 같긴 해도 나는 여전히 이 길 위에 있다.

그 선택이 꼭 정답은 아닐 수 있다. 하지만 어떤 선택이든 나의 마음이 들어 있어야 후회하지 않는다. 나는 논리와 계산, 조언과 타인의 기대 사이에서 참 치열하게 흔들렸다. 교사로 남아야 할 이유는 셀 수 없이 많았고, 작가로 나서야 할 명분은 너무 적었다. 그러나 남들이 아니라 내가 살아보고 싶은 삶의 방향, 그곳을 향해 발걸음을 옮겼다.

인생은 논리로 설계되는 게 아니라 내 마음의 북소리를 따라 걷는 긴 여정이다. 선택 앞에서 머뭇거리는 누군가에게 말해주고 싶다. 스스로의 마음을 잘 들여다보라고. 포기하는 것보다 얻는 것이 더 커 보이고 신경쓰이는 순간, 게임은 끝난 것이다.

세상에는 논리적으로 분석해서 판단해야 하는 일이 대부분이다. 하지만 인생의 큰 선택을 결정짓는 것은 생각보다 비이성적이고 비합리적인 이유들이다. 그런데 그 비이성과 비합리는 현실적이고 물질적인 사회의 기준이지 나의 기준이 아니다. 나의 기준에서는 그게 이성적이고 합리적인 것일 수도 있다. 그리고 그 가치들이 모여 '나다움'이 된다.

나의 인생 판결은 스스로 내려야 한다. 어디에 있어야 나답게 숨쉴 수 있는지가 답이다. 누가 대신해줄 수 없고 누가 책임져줄 수도 없는 갈림길 앞에서 '여기선 숨이 편안해져'라는 근거는 조용하지만 결정적인 한 표가 된다. 수많은 말과 의견들이 나를 둘러싸지만 결정의 순간, 마지막 문을 여는 손잡이는 내 손안에 있다.

방향을 정한 후에는 인생 내비게이션도 스스로 작동해야 한다. 핸들을 꺾고 브레이크를 밟고 기어를 바꾸는 것은 언제나 나 자신이다. 잘못 든 길에서 주저앉을 때도 있고, 그 자리에서 한동안 숨을 고를 때도 있지만, 다시 일어서는 주체 역시 나다.

나는 오늘도 이 불확실한 지도 위에 내 손으로 좌표를 찍는다. 가끔은 안개 속이지만, 심장의 고동이 바람처럼 방향을 알려준다. 햇살이 비치는 오솔길일 때도 있고, 거친 파도가 밀려오는 바닷가일 때도 있다. 그 모든 길 위에서 나만의 속도로 걷는다. 비록 느리고 크게 돌아가더라도 내가 고른 길이라면 이미 옳은 길이다.

인생은 사계절처럼 빛과 그림자가 번갈아 드나드는 풍경이다. 겨울 끝에 봄이 오듯 나의 발걸음도 언젠가 가장 필요한 자리로 이끌릴 것이다. 그 믿음을 품고 내 궤도를 따라 한 걸음씩 나아 간다.

그리고 언젠가 이 길 끝에서 마주칠 너에게 이렇게 말하고 싶다. 나는 나의 속도로 왔고, 그게 바로 내가 온전해지는 길이 었다고.

쓰다보니
문득
　　　당신이 와 있는 것 같아서

초판 인쇄 2026년 3월 18일
초판 발행 2026년 4월 3일

지은이 송정림

주간 김현정
편집 변규미 오예림
디자인 이현정
마케팅 정민호 한민아 이민경 한경화 박진희 황승현 김경언 양지연
브랜딩 함유지 이송이 박민재 김하연 신은서 이준희
미디어콘텐츠 함근아 김은솔 박다솔
제작 강신은 김동욱 이순호

펴낸이 이병률
펴낸곳 달 출판사
출판등록 2009년 5월 26일 제406-2009-000034호
주소 10881 경기도 파주시 회동길 455-3
이메일 dal@munhak.com
SNS dalpublishers
전화번호 031-8071-8682(편집) 031-955-2690(마케팅)
팩스 031-8071-8672
ISBN 979-11-5816-207-8 03810